집으로 돌아가는
가장 먼 길

집으로 돌아가는
가장 먼 길

임성순 여행 에세이

임성순 지음

행;북

contents

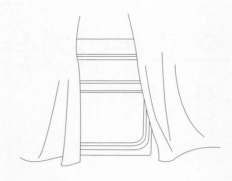

Part 4 반갑다, 파리

시작의 시작

여행을 싫어합니다. 싫어하는 이유야 손에 꼽을 수 없이 많지만, 가장 큰 이유는 역시 귀찮기 때문일 겁니다. 다른 사람들은 여행 과정 중 가장 설레는 시간이라는 준비 과정도 제게는 귀찮은 일일 뿐입니다. 그래서 3개월이나 걸릴 여행을 앞두고도 마지막의 마지막까지 미적거리는 것은 기본이요, 출발 당일까지 숙소조차 예약하지 않은 채 버티다가 후다닥 짐을 꾸려 오토바이에 얹고는 중얼거립니다.

"아, 가기 귀찮다."

그런데 왜 가냐고요? 그러게요.

작가가 된 지 10년 차입니다. 그동안 소설을 주로 썼고 몇 편의 시나리오도 썼습니다. 소설은 대체로 잘 팔리지 않았고, 썼던 시나리오 중 어떤 것은 곧 개봉할 예정입니다. 나쁘지 않은 10년이었습니다. 줄곧 딱 하고 싶은 일만 하면서 지낸 셈이니까요. 자기계발서에서 말하는 자아실현이자 누구 말마따나 일종의 꿈을 이룬 것 아니겠습니까!

그래서 지난 10년이 어땠냐고요? 사실 별거 없었습니다. 계속 글을 쓰게 됐을 뿐입니다. 어쩌면 엄청난 금전적 풍요를 보장받을 만큼 성공하지 못했기 때문인지도 모르겠습니다. 그런 성공을 해본 적이 없기에 그런 삶이 뭘 변화시킬 수 있는지 잘은 모르지만, 설사 금전적인 성공을 이루었다 해도 계속 글을 쓰는 삶은 변하지 않았을 겁니다. 달리 할 일도 없었으니까요. 정말입니다. 아침에 일어나면 딱히 할 일이 없었습니다. 온통 하기 싫은 귀찮은 일투성이었죠. 그러니 뭔가 살아갈 핑계 혹은 이유를 만들기 위해 글을 쓰는 겁니다. 그러다 보니 1년 내내 쉬지 않고 글을 쓰게 됩니다. 글을 쓰지 않는 날은 아프거나 일이 생겨 무언가 다른 걸 해야 할 때뿐입니다. 만나는 사람도 없고, 약속도 좀처럼 없고, 출판과 관련된 일 대부분은 이메일로 진행되므로 1년에 320일 이상은 대체로 글을 쓰고 있습니다.

물론 글만 쓰는 건 아닙니다. 글을 쓰려면 자료도 찾아야 하고, 빈둥거리는 시간도 필요합니다. 중요한 건 길든 짧든 그런 식으로 고립된 채 지난 10년간 계속 쓰고 있다는 겁니다. 그러다 보니 시간 개념이라는 것이 점차 사라집니다. 잠을 하루에 2, 3시간 길이로 밤낮 가리지 않고 틈틈이 자고 있으니 이런 시간 감각의 상실은 날이 갈수록 더하죠. 한 달 혹은 그 이상의 시간이 마치 끝나지 않는 긴 하루처럼 느껴지기도 합니다. 그래서 작가가 된 지 10년이나 됐다는 말을 하면서도 아득합니다. 그저 집에 틀어박혀 책을 몇 권 썼을 뿐인데 말이죠.

그런 삶이 불만이냐고요? 전혀요. 이래 봬도 제가 택한 삶이거든요. 그저 점점 무감해져 갈 뿐입니다. 글 쓰는 일도, 일상도, 내 개인의 삶-이랄 것도 없지만, 있다면-도 제 주변을 둘러싼 모든 것이 천천히 탈색돼 가는 기분이었습니다. 그리하여 무채색의 기분으로 저 자신을 무색으로 만든 채 글 속 캐릭터의 삶에 희로애락을 투영해 그저 써 내려갔습니다. 기쁨도 슬픔도 제 것이 아닌 그저 캐릭터의 몫이었죠.

　나라고 할 것 없는 텅 빈 나날이었지만 그조차 큰 문제로 여겨지진 않았습니다. 삶에는 각자의 방식이 있고, 답은 정해진 게 아니니까요. 아마 피하지 못할 결말인 고독사 하게 될 그날까지 별일 없이 이렇게 계속 글만 쓰며 살아갈 수 있을 것 같았습니다. 아주 기꺼이 말이죠. 그리고 그것이 문제였습니다. 별 문제 없다 생각하는 바로 그 지점이 말이죠. 그게 어째서 문제냐고요? 이유는 저도 모르겠습니다. 그래서 저는 일단 저를 집에서 쫓아내기로 마음먹었습니다. 여행이라는 이름을 붙여서 말이죠. 그래요, 이것은 일종의 유배기이자 귀향을 위해 가장 먼 길을 돌아가는 한 멍청한 인간에 관한 이야기입니다. 별 일은… 제발 없었으면 좋겠네요.

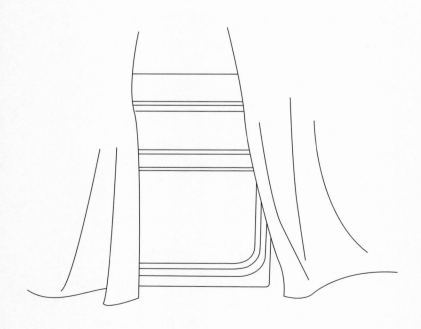

Part 1

쓸데없고
의미 없는 여행은
없습니다

▶▷ Vladivostok, Russia

▶▷ Moskva, Russia

▶▷ Sankt Peterburg, Russia

한가한 여행이 될 거라 했잖아요

동해에서 블라디보스토크로

오토바이를 타고 대관령을 넘어 동해에 도착합니다. 태풍 링링이 지나간 길을 뒤따라 달리는 저녁, 기분이 왠지 헛헛하고 아득합니다. 시즌이 지난 모텔에 투숙객은 저 하나뿐입니다. 욕실 욕조에 쪼그려 앉아 저 자신에게 묻습니다. '너 지금 뭐하냐?' 글쎄요. 저도 알고 싶네요. 이제 날이 밝으면 블라디보스토크Vladivostok로 가는 배에 올라야 합니다.

'지금이라도 집으로 돌아갈 수 있어.'

원치 않는 출장에 끌려가는 아재 같은 마음의 절 설득하기 위해 이 여행의 필요성에 대해 저 자신을 최대한 다독여 봅니다.

'분명 여행에서 뭔가 놀랍고 경이로운 걸 보게 될 거야.'

'확실히 그렇겠지만, 5분만 지나도 금방 시들해지겠지.'

'다 마치고 나면 무언가 깨달음을 얻을지도 몰라.'

'그렇지만 그건 제대 말년에 앞으로 효도하고 열심히 살아야지, 결심하는 것 같은 거지. 돌아오면 잊어버릴.'

'멋진 인연이 생길지 몰라.'

'20년 지기 친구에게도 1년에 한 번 전화할까 말까 하는 놈이 인연 운운하는 건 개소리지.'

이런 식으로 자문자답하는 사이 새벽 3시가 됐습니다. 아침 9시까지 여객선사 사무실로 가야 하는데 뭐하는 짓인지 모르겠네요.

모처럼 놀러 간다고 생각하는 사람들의 청탁으로 이메일은 모니터링해야 할 시나리오와 책으로 가득하고, 오토바이 액션캠과 카메라들 덕에 여행 내내 글을 읽고 영상 편집을 할 것이 확실합니다. 이게 여행인지, 과로사로 가는 지름길로 들어선 건지 헷갈려 하며 다시금 저 자신에게 묻습니다.

'너 지금 뭐 하냐?'

'몰라.'

이 와중에 무슨 생각으로 신청한 건지 모를 카카오 브런치스토리에 글을 하나 올리고 시계를 보니 새벽 4시, 알람을 맞추고 잠자리에 듭니다. 대부분의 고민이 늘 그렇듯 참 쓸데없이 답 없는 질문들을 하며 부렸던 감정의 사치는 이제 마무리 짓습니다. 거의 모든 사람이 출근을 앞둔 개전 5분 전 같은 월요일 새벽에 참 호사스러운 짓 한다며 스스로를 핀잔하면서 말이죠. 그래요, 뭐가 됐든 쓸데없고 의미 없어 보이는 여행일지언정 출발할 수 있다는 것에 감사해야겠지요. 거기까지 생각이 미치면 이 귀찮은 일을 귀찮다는 이유로 포기할 수 없다는 걸 받아들이게 됩니다. 약간은 울고 싶은 기분으로 시작의 시작을 끝내야겠죠. 그런 생각으로 눕자 낯선 침대에서 이내 떠오르는 생각.

'빌어먹을, 베개가 너무 높다.'

지칠 대로 지쳐서 출발한 여행이었습니다. 그러니 응당 한가한 여행이 되어야 했겠죠. 그렇기에 기간도 넉넉하게 석 달 정도 잡았습니다. 하지만 여행을 떠난다고 주변 지인들에게 말하자, 책한 권 분량의 원고, 시나리오 세 편, 드라마 대본 두 편이 덜컥 날

아왔습니다. 읽고 의견을 달라는 거죠. 참 좋은 지인들 아닙니까.

배에서도 정신없이 책을 읽고 틈틈이 카카오 브런치스토리에 올릴 글을 쓰고, 거기에 선상에서 찍은 일몰 영상까지 편집하고 있자니 이건 일하러 온 건지 여행하러 온 건지 슬슬 헷갈리기 시작합니다. 명백히 과로 아닌가요?

스스로에게 떠밀려 야심차게 시작한 여행의 장대한 시작이 될 블라디보스토크 상륙 당일 날, 어째 새벽까지 잠도 못 자고 계속 일하고 있는 저 자신을 발견하곤 절망 아닌 절망을 합니다. 잠깐 눈을 붙이고 일어나 동트는 하늘을 보며 생각에 잠깁니다.

'뭔가 말린 것 같다.'

더구나 여행기를 쓴다면 응당 찍어야 할 사진은 찍지도 못하고 있고, 여행 출발 직전 무리해서 지른 드론은 아직 시험비행도 못해봤으니 육지에 발이 닿자마자 해야 할 일 목록만 점점 늘어갑니다. 아아, 한가한 여행이 될 거라 했잖아요.

잠깐 눈을 붙이고 나니 다들 하선 준비를 하고 있습니다. 여행기의 정석이라면 배가 접안하는 순간의 사진 정도는 담아줘야겠습니다만, 짐작되시죠? 그 시간에 저는 선실에서 급하게 짐을 꾸리고 있었다는 거.

배에서 내리자마자 심카드를 사고 환전을 하기 무섭게 청탁 메일이 들어옵니다. 아아, 일이 늘어나고 있습니다. 그리하여 저는 새벽 1시 반인 이 시간까지, 블라디보스토크에 도착한 이후 저녁 먹으러 나갔던 30분을 제외하고는 계속 일을 하고 있습니다. 이럴 거면 그냥 집에서 한가하게 글이나 쓸 걸, 왜 굳이 미련하게 여행을 하겠다고 했을까요?

아침이면 오토바이 통관 수속을 위해 종일 공무원들을 만나러 다녀야 합니다. 이런 걸 직장인들은 아마 '출장'이라 부르겠죠. 이럴 거면 차라리 책 제목을 『본격 작가 출장기』로 바꿔야 하나 하는 생각까지 듭니다.

모험은 하지 않습니다

진짜 쉬러 왔다니까요

종일 세관, 영사관, 보험사, 관세 사무실, 관세 창고로 돌아다니며 공무원들을 만납니다. 대부분의 공무가 그렇듯이 결국 기다리는 게 일입니다. 인상적인 것은 그들이 수기로 문서 작성을 한다는 것입니다. 공문서 양식을 펼쳐놓고 손으로 글씨를 씁니다. 네, 심지어 또박또박 말이죠. 지금껏 몇몇 나라에 가봤습니다만, 공문서를 수기로 기입하는 건 실로 오랜만입니다. 물론 뒤쪽에 컴퓨터가 있는 걸 보니 데이터베이스는 전산화된 듯합니다만, 관계 기관과의 전산망 통합이 됐는지는 의심스럽습니다. 그리고 확실히 최종적인 인-아웃은 수기로 진행하는 모양입니다. 그 결과 공무를 한 곳에서 처리할 수 없습니다. 증명서를 받아 들고 온종일 여기저기 돌아다니게 된 이유였죠.

기다리는 동안 머릿속으로 일정을 고민하기 시작합니다. 네, 정말 일정을 짜지 않았다니까요.

이제 오토바이를 받고 블라디보스토크 거리로 나서면 9월 중순, 시베리아에 추위가 찾아올 시기입니다. 제가 꾸린 짐은 셔츠 한 장, 팬티 다섯 장, 면티 세 장, 바지 하나, 내의 바지 하나뿐입니다. 여행은 멋 내러 가는 게 아니니까요. 흠… 출발 2시간 전에 짐을 꾸려서 그런 건 절대 아닙니다.

사실 필요한 옷은 상황 봐서 현지에서 조달하면 된다고 생각했습니다. 문제는 하바롭스크Khabarovsk를 떠나면 울란우데Ulan-Ude까지 3,500킬로미터 내에 제대로 된 도시랄 게 없다는 겁니다. 거기서 영어가 좀 통하는 동네라면 이르쿠츠크Irkutsk까지 가야 하죠. 참 대책 없는 인간이라고요? 그 인간과 여행해야 하는 사람이 지금 여기 있습니다. 읽는 여러분은 답답하시겠지만, 제게는 생명이 달린 문제입니다.

시베리아를 달리는 것은 깔끔하게 포기합니다. 그래요, 언젠가 몽골에 갈 생각이고, 그때 다시 한 번 올 기회가 있겠죠. 그날을 기약하며, 다음번에는 미리미리 준비해서 안 추울 때 건너오고, 준비도 철저히 하자고 미래의 저에게 말합니다.

그러면 남은 일은 시베리아 횡단 열차 표를 끊는 것입니다. 선택은 두 가지입니다. 중간에 한두 번쯤 내려서 쉬는 것과 단번에 모스크바까지 가는 것. 제가 어떤 걸 택했을 것 같나요?

저는 설국열차 체질이었습니다

시베리아 가로지르기

일단 먼저 오토바이를 기차에 태워 보냅니다. 화물열차에 실려 가는 오토바이는 저보다 먼저 출발해 늦게 도착합니다. 만나자마자 이별이라니… 후련하네요.

블라디보스토크 역에 짐을 맡기고 열차 안에서 먹을 식량을 사러 갑니다. 모스크바까지 한 방에 가기로 했습니다. 물론 바이칼호 인근에는 언젠가 한 번 가 보고 싶긴 했습니다. 어차피 오토바이가 도착하려면 꼬박 일주일을 더 기다려야 하기 때문에 중간에 울란우데나 이르쿠츠크에 내려 여행을 할 수도 있습니다. 하지만 그러지 않기로 했거든요. 간다면 캠핑을 하고 싶은데 이번 여행에는 캠핑 장비는 챙기지 않았습니다. 유럽으로 떠나기 전 예행연습 삼아 여행을 갔다가 오토바이로 2박 이상 캠핑하는 건 과욕이라는 걸 실감했기 때문입니다. 그뿐 아니라 예전부터 꼭 기차를 끝까지 타 보고 싶었습니다. 기차로는 가장 긴 단일 코스이고, 6일 동안 기차만 타고 가다 보면 어떤 생각이 들지 정말 궁금했거든요. 남들은 살면서 가장 지루했던 순간이다, 고문이다 말이 많지만 제 생각에는 저의 평소 생활과 크게 다르지 않을 것 같았거든요.

사실 좀 더 나중에 나이를 먹고 한가해지면 러시아 작가들 소설을 잔뜩 집어넣은 전자책과 러시아 음악을 가득 담은 뮤직 플레이어를 가지고 이 넓은 나라를 횡단해 보고 싶었습니다. 19세기 러시아 대문호들과 작곡가들과 함께 말이죠. 하지만 사람 일이 늘 그렇듯 이렇게 뜻밖의 상황에서 준비가 전혀 안 된 채 시베리아 횡단 열차를 덥석 탑승하게 됐습니다. 함께할 톨스토이나 도스토옙스키도 없이 그저 해야 할 일을 한 보따리 안은 채 덜컥 표를 예약한 거죠. 뭐, 인생 별거 있습니까. 기회가 될 때 할 수 있는 건 해보는 거죠.

그리하여 도장 깨기 하는 마음으로 일단 밀린 일들을 처리합니다. 찍은 동영상을 편집하고, 모니터링 부탁 받은 글들을 전부 읽고, 그에 대한 의견을 써서 정리합니다. 인터넷이 도시에서만 터지는지라 그게 좀 문제지만, 오히려 방해받지 않고 일할 수 있습니다. 그리하여 진도 빼는 입시 교실 선생님처럼 첫 이틀간은 밀린 일을 하며 정신없이 보냅니다. 다 하고 나니 어찌나 후련하던지 열차를 타길 잘했다는 생각이 듭니다.

그리고 풍광은 너무나 황량해서 마음에 들다 못해 이 나라에 반할 것 같습니다. 좋아하는 감독 중에 안드레이 타르코프스키Andrei Tarkovsky라는 감독이 있습니다. 그의 영화에서 늘 감탄하게 되는 것 중 하나가 미술이었습니다. '거울The Mirror'의 도입부에 나오는 넓은 평야 끝 농가나 '잠입자Stalker'에 나오는 철로, 그리고 숲과 폐허 장면, '희생The Sacrifice'의 버려진 성당 장면 등 비현실적으로 느껴질 정도로 황량한 장소를 일상적으로 등장시켜서 감탄하곤 했는데, 그는 뜻밖에 리얼리스트였던 겁니다. 열차를 타고 오는 내내 창밖으로 그런 황량한 풍광이 보여 입을 벌리고 감탄했습니다. 심지어 '잠입자'에서는 역에서부터 출입이 금지된 지역까지 사람들을 안

▷▶ Moskva, Russia

내하는 주인공과 그를 따라다니는 검은 개가 나오는데, 실제로 늦은 시간 정차하는 역에서는 늘 역무원을 따라다니는 비쩍 마르고 껑충한 느낌의 개를 볼 수 있었습니다. 마치 영화에서처럼 말이죠.

영화 제작 시 스모그머신을 동원했을 거라 생각했던 숲의 허리에 걸려 있는 낮은 안개 역시 새벽이면 자작나무 숲에 일상적으로 발생하는 안개였고, 습지와 초지가 어우러진 끝이 보이지 않는 평원 역시 이곳에서는 그저 흔하게 볼 수 있는 풍경일 뿐이었습니다. 그뿐 아니라 널빤지로 된 흑갈색 담장과 오두막, 그리고 버려져 뼈대만 남은 녹슨 차 들로 인한 광활한 영토 위의 황막한 폐허도 그저 폐기하는 것보다 방치하는 편이 더 싸기 때문에 만들어진 풍광일 뿐입니다.

더구나 먼저 여행한 사람들의 말처럼 지루한 풍경만 반복되는 것은 결코 아닙니다. 자작나무 숲, 침엽수림, 다양한 수종의 혼합림, 습지, 자작나무와 어우러진 초원, 유목민이 말달렸을 끝없는 초지… 정말 매 순간 다른 모습을 보여줍니다.

자작나무만 해도 그래요. 결코 같은 자작나무 숲은 없습니다. 이쑤시개처럼 껑충하게만 자란 빽빽한 숲부터, 잡목림과 어우러진 자작나무, 듬성듬성 자라 밑동이 실한 자작나무나 대나무처럼 빼곡하게 자라고 있는 자작나무 묘목림까지 비슷한 듯 매번 다른 모습입니다. 러시아의 대문호들이 왜 자기 나라 대지를 그렇게 예찬했는지 알 것 같습니다. 이 땅은 거대하고 광막하며 황량하지만 사람들을 매혹시키는 힘이 있습니다.

검은 토양과 검은 강, 그리고 곧 시작될 혹한의 추위까지, 확실

▷▸ **Moskva, Russia**

히 풍요롭고 아름다운 땅은 아닙니다. 하지만 일출이나 일몰 때 끝없이 펼쳐진 지평선 너머로 여명이 비추는 순간, 어떤 압도적인 힘 같은 것이 느껴집니다. 사방 수백 킬로미터에 달하는 무인 지대가 펼쳐지는 이곳이 얼마나 매혹적인지 말이죠.

그리고 상상에도 공간이 필요하다는 생각을 하게 됩니다. 만드는 사람에게도 받아들이는 사람에게도 말이죠. 이곳 어딘가에서 알 수 없는 누군가에 의해 알 수 없는 무슨 일인가가 벌어진다 해도 그럴 법할 듯합니다. 그럴 수 있을 만큼 광활하거든요. 이토록 광활한 공간을 보며 공간이란 현실일 뿐만 아니라 그 이상의 관념도 지배할 수 있구나, 절감합니다.

동시에 이곳은 러시아가 직면한 현실을 보여줍니다. 열차를 타고 오는 내내 시베리아의 소도시들에서 버려진 공공시설이나 기간시설 들을 볼 수 있었습니다. 소련이 붕괴된 후 아마 이 설비들을 유지할 수 없었겠지요. 실제로 여전히 쓰이는 것으로 보이는 송전탑들은 정말 녹슬어 손대면 바스러질 듯합니다. 그러니까 러시아의 성장 동력은 아마도 이곳에 있는데, 자본주의 시스템하에서는 기본적인 인프라를 유지하는 것만으로도 수지가 안 맞는다는 걸 알 수 있습니다. 강제 노역을 보내면 그만이던 시절에야 강제 노역자들의 손을 빌려 인프라를 유지할 수 있었지만, 수익성이 중요한 자본 앞에서 시베리아의 영토는 유지하기엔 너무 넓은 땅이 돼버린 거죠.

물론 엄청난 자원이 잠들어 있다지만, 지금 당장은 판로도 마땅치 않습니다. 자원 생산지에서 가장 가까운 항구가 보통 3,000킬로미터에서 5,000킬로미터 정도 떨어져 있으니까요. 그리고 그 항구도 1년 중 반 이상은 얼어붙어 쓸 수 없습니다. 만드는 건 고사하고 버리는 것조차 비용 대비 효용성이 안 나오는 동네, 그래서 19세기에 지어진 붉은 벽돌로 된 화려한 양식의 건물 지붕이 슬레이트로 된 걸 목격하고도 처참하다기보다는 오죽하면 저렇게 유지할까 하는 마음입니다. 한편으로는 강력한 지도자에 대한 동경, 남성성에 대한 과도한 집착 등 우리 눈에 기이하게 보이는 현재 러시아의 모습이 어디서 온 것인지 알 것 같습니다.

　이런저런 생각을 하는 사이 기차는 바이칼호를 지나 모스크바를 향해 계속 달려갑니다.

드디어 사람 사는 곳!

모스크바 도착

예카테린부르크Ekaterinburg를 기점으로 드디어 인적 있는 땅이 나옵니다. 실제로 러시아인들은 그 너머를 '시베리아'라 불렀다고 합니다.

그사이 제가 탄 객실에는 이고르라는 이름의 친구가 탑니다. 서로 말이 한마디도 통하지 않지만 어쨌든 그가 천연가스정에서 가스 추출 일을 하고, 딸이 둘 있으며, 험비라는 낡은 사륜 자동차—실제로 험비는 아니고 우하즈 헌터라는 동구권 차였습니다—를 가지고 있고, 캠핑을 좋아한다는 것도 알게 됐습니다. 그뿐 아니라 홍차를 마실 때 각 설탕을 네 개나 넣고, 단맛 중독이라 할 만큼 사탕과 단 음식을 좋아한다는 것도 알 수밖에 없었습니다. 이틀을 바로 옆에 붙어 있었으니까요. 말이 통하지 않으므로 손짓 발짓으로 이야기하고 멋쩍은 상황이나 대화의 끝은 미소나 악수로 마무리하며 시베리아 가스정에서 페름Perm까지 그의 긴 퇴근길을 배웅합니다. 그리고 청탁받은 짧은 소설을 쓰고 나니 모스크바입니다. 모스크바의 첫 인상은 '드디어 사람 사는 곳!'이라는 겁니다.

모스크바에 도착해 숙소를 잡고 제가 처음 한 일은 충전 케이블을 사는 것이었습니다. 네, 변변치 못한 인간인 탓에 이 짧다면 짧았던 여정에서 충전기 케이블을 잃어버렸거든요. 그리하여 러시아어를 한마디도 못하는 저는 대모험을 떠나게 됩니다. 사실 구글

▷▶ **Moskva, Russia**

의 도움을 받기는 했지만 어쨌든 철물점과 대형마트, 각종 공구점, 대형 양판점을 전전한 끝에 케이블을 사는 데 성공합니다.

도시에 관한 여러 인상 중 가장 명확했던 것은 '여기 의외로 서울 같은데!'입니다. 그 이유를 생각해 보니 의외로 늦은 시간에 퇴근하는 사람들, 여기저기 심야 영업을 하는 업소들, 도심을 관통하는 건축양식의 부재로 난개발된 듯한 건물들, 유럽 건축양식의 영향을 받은 건물의 경우 조악한 디테일, 그리고 알루미늄 아니면 플라스틱으로 된 창틀 때문이었던 것 같습니다.

어쨌거나 케이블을 '득템'한 후 일단 숙소로 돌아가 기절합니다. 말이 통하지 않는 세계에서는 아주 간단한 일을 처리하는 것도 생각 외로 힘들거든요. 케이블을 사러 가기 위해 교통카드도 사야 했고, 낯선 버스와 지하철을 타야 했으며, 말도 통하지 않는 사람들에게 220볼트 충전기용 케이블에 관해 손짓으로 설명해야 했으니까요. 물론 스마트폰에 설명을 위한 사진을 넣어 가지고 다니기는 했습니다만, 뭐에 쓰이는 물건인지 모르는 사람도 있었거든요. 그 와중에 날씨는 또 얼마나 춥던지, 경량 패딩도 하나 샀습니다. 9월 중순 모스크바의 밤 기온은 영상 6도거든요.

그러니 모스크바 관광은 내일로 미룹니다. 오토바이는 주말이 끼어서 빨라도 월요일에나 받을 수 있거든요. 뭔가 봐야 한다면 보게 되겠죠. 그리고 모처럼 각종 전자기기들의 배터리를 충전하고, 기차에서부터 밀렸던 빨래감을 모두 모아—가지고 온 옷을 열차에서 전부 껴입고 있었으므로—손빨래를 합니다. 코인 빨래방이 너무 멀었거든요. 그리고 정말로 기절합니다.

새 도시엔 별을 보러 가는 겁니다

내게 좋은 도시란

저마다 새로운 나라, 새로운 도시에 가면 꼭 하는 일이 있을 겁니다. 저는 많은 나라에 가본 건 아니지만 새로운 도시에서 3일 이상 보내고 남는 시간이 있으면 거의 '반드시'라고 해도 좋을 정도로 플라네타륨planetarium, 우리말로 천체 투영관이라고 하는 걸 보러 갑니다. 그리하여 천체 투영관으로 나름 도시에 대한 어떤 판단 기준을 삼습니다.

이를테면, 파리는 말이 많은 도시였습니다. 어찌나 불어로 떠들어대던지 'TMI'의 전형이었죠. 천체 투영관에 불이 다 꺼지고 별이 빛나기 시작하면 사람들에게 감상할 시간을 줘야 한다고 생각하는데, 정말 쉴 새 없이 떠들었거든요.

뉴욕은 과유불급이었습니다. 신형 장비로 천체 투영관을 꾸몄는데, 뉴욕 이후 이런 플라네타륨은 믿고 거르고 있습니다. 음… 천체 투영관의 가장 첫 번째 미덕은 현장감입니다. 가짜 별이 분명하지만 진짜 별처럼 보여야 하죠. 그러기 위해서는 투영관 안이 거의 완벽하게 어두워야 합니다. 불이 꺼지는 순간 숨이 막힐 정도로 어두워야 하죠. 그 상황에서 하늘에 별이 빛나기 시작하면 정말 밖에서 별을 보고 있는 듯한 기분이 들거든요. 그런데 이 신형 플라네타륨은 과도한 밝기의 프로젝터로 구성되어 너무 밝아서 천체 투영관 내부가 마치 극장처럼 환한 겁니다. 네, 전혀 밤하늘 같지 않아요. 3D로 만든 스펙터클한 우주 영상을 펼쳐 보이고, 역동적인 CG를 보여주고, 온갖 별 특수효과를 다 넣었지만 솔직히 밤하늘 같지는 않았습니다. 그냥 360도 상영관이었죠. 아아, 미국 놈들이란….

개인적으로 가장 좋았던 건 일본 고베였습니다. 영사기사가 고베의 밤하늘을 보여주며 레이저 포인터로 이 시기에 보이는 별자리를 담담하게 설명하고, 몇 백 년 전 같은 별자리가 어떠했는지, 계절이 바뀌면 이 별자리가 어떻게 변하는지 보여주더군요. 프랑스처럼 나서서 별 볼 시간을 주지 않거나 온갖 설명을 늘어놓지도 않았고, 천천히 밤하늘을 감상하게 한 후 별자리 찾기의 기초부터 차근차근 설명하는 걸 보니 그 영사기사, 정말 천체 관측을 좋아하는 양반인 것 같더군요.

그리하여 모스크바에 도착했고, 오토바이가 도착할 때까지 시간이 남은 김에 당연히 천체 투영관을 보러 갔습니다. 물론 모스크바니까 그 전에 할 일이 있죠. 그건 다름 아닌 모스크바 우주 박물관에 가는 겁니다. 냉전 중에 미국과 함께 우주 경쟁을 했던 나라니까요.

사실은 뭐, 모두가 알다시피 패배의 역사입니다. 결국 달로 사람을 보내는 데 성공한 건 어찌 됐든 미국이니까요. 그래도 가볼 만한 곳입니다. 벨카와 스트렐카의 존영을 뵐 수 있는 곳이거든요. 두 분이 누구시냐고요? 우주를 최초로 다녀오신 생명체로, 견공되시겠습니다. 살아생전에는 영웅으로 대접받다가 죽어서는 잘 박제되어 이곳에 계시죠. 물론 최초로 우주로 나갔던 '라이카'

라는 이름으로 더 잘 알려진 개 쿠드랴프카는 러시아에서는 흑역사 취급을 받는지라 이곳에는… 흠흠.

어쨌든, 패배의 역사라 했지만 찬찬히 살펴보면 사실과는 좀 다릅니다. 달 착륙을 기점으로 화려하게 빛난 미국의 우주 프로그램들은 내실을 뜯어보면 "빛 좋은 개살구"인 경우가 많습니다. 우주 왕복선은 이름만 왕복선일 뿐, 사실상 다시 만들어야 하는 우주선이었으며, 비용 대비 효용성이 처참하게 낮은 탓에 결국 프로그램을 종료시켜야 했죠. 아폴로에서 정점을 찍은 미국의 로켓 기술도 외형적으로는 성장하고 발전했지만, 최근 스페이스 엑스SpaceX 프로젝트 이전까지는 출력만 놓고 보면 오히려 퇴보해 아폴로 시절 로켓 엔진은 로스트 테크놀로지lost technology 수준이 됐죠. 실제로 기술을 정말 잃어버린 건 아니고, 담당자들이 모두 은퇴해 재현하기 위해 그들을 다시 모으고 첨단 스캔 기술을 동원해 복원해야 했습니다.

그사이 구소련과 러시아의 소유즈는 상업성만 놓고 보면 가장 효율 좋은 유인 우주선이 됐고, 엔진 추력도 차근차근 계속 발전해 왔습니다. 뭐, 현실은 러시아나 미국 나사나 피차 돈이 없어서 스페이스 엑스 프로젝트에 기대를 걸고 있습니다만, 세간에 알려진 것처럼 소련이 일방적으로 망했다거나 밀렸던 건 아닙니다.

하여간 이런 유구한 우주 개발의 역사를 감상한 후 찾아간 플라네타륨이었습니다. 서두가 너무 길죠? 그래서 결론으로 바로 넘어가자면, 좋았습니다. 네, 우주 개발을 했던 나라답게 천체 투영관의 기본이 뭔지 잘 알고-아, 그럼 뉴욕은 왜…-천체 투영관 자체가 천문대를 겸한 장소이고, 아이들 교육을 위한 시설도 잘되어 있는 데다가 우주 관련 자료도 충분해서 천체 투영관 프로그램이 상영되기 전까지 이것저것 보면서 시간 때우기 좋았습니다. 천체 투영 영사기 내부도 볼 수 있고, 작동 원리도 자세하게 쓰여 있더 군요. 물론 러시아어로요.

천체 투영관에 붙어 있는 천문대의 전시실에는 전 세계 육지의 10퍼센트를 차지하는 시베리아에 떨어진 운석들이 조그마한 것부터 사람 몸통만 한 것까지 100여 개 전시되어 있습니다. 그리고 제 소설에서도 언급한 적 있는 퉁구스카Tunguska* 사진도 있습니다. 떨어진 운석 중에는 칼로 잘라낸 것 같은 운석도 있는데, 마치 인공구조물 같더군요.

천체 투영관의 프로그램 역시 흠잡을 데가 없었습니다. 사실 고베처럼 하면 한 가지 단점이 있습니다. 지역 밤하늘에 대한 설명은 잘되지만 프로그램이 길 수가 없거든요. 생각해 보세요. 그 도시의 밤하늘에 대해 떠들면 얼마나 떠들 수 있겠습니까. 그래서 영사기사가 설명해주는 프로그램은 30분에서 40분 남짓 하는 게 일반적입니다. TMI 한 파리의 경우에도 온갖 별자리에 관한 설명을 풀어내 분량을 늘렸을 뿐 실제 프로그램은 그다지 길지 않습니다. 하지만 모스크바는 도시 별자리에 관해 설명한 후 천체 투영 영사기와 프로젝션을 혼합한, 은하수에 대한 중편 길이의 다큐멘터리를 틀어주더군요. 아아, 프로그램의 충실함은 역대 최고입

---

* 1908년 6월 30일 러시아 시베리아 퉁구스카강 유역의 삼림지대에서 일어난 큰 폭발 사건.

니다. 의자가 망가지지 않고 아이들이 그토록 많지 않았다면 정말 최고의 경험이라 할 만했습니다. 덕분에 모스크바 하늘의 가을철 별자리를 볼 수 있었으니까요. 실제 별자리는 광공해 탓에 볼 수 없다는 사실을 생각해 보면 참 이상한 일이기는 합니다. 정말 모스크바의 구석에 위치해서 구글에 물어물어 찾아온 곳이지만, 오길 잘했다는 생각이 듭니다. 모스크바에 대해서는 아무것도 모르지만 이것으로 모스크바는 제 마음속에서 좋은 도시가 됐습니다. 간단하죠. 별 볼 일 있는 도시인 것입니다.

19세기 러시아 미술에 대한 단상

트레티야코프 미술관에서

미술은 잘 모릅니다. 마지막으로 미술 교육을 받은 건 고등학교 때였습니다. 알다시피 미술은 수능에 출제되지 않았으며, 따라서 시수時數만 채우는 수업이었던 것으로 기억합니다. 1학년 때 석고 조각을 깎은 게 고교 시절 제대로 된 미술 수업의 전부였죠.

마지막으로 읽은 미술 관련 책은 『미학 오디세이』였습니다. 이 것도 엄밀하게 말하자면 미학에 관한 책이지만 어쨌거나…. 물론 예술 사조에 관한 공부는 조금 했습니다. 과거 철학을 띄엄띄엄 독학할 때 조금 보다 말다 했고, 영화 미학이나 이론에 관한 공부 를 할 때 역시 곁길로 빠져 조금 엿본 게 전부지만요.

물론 서양 예술에 관해 이것저것 공부하다 보면 미술이 갑자기 툭 튀어나올 때가 많습니다. 마치 골목길을 막아서는 깡패처럼 뜻 밖에 나타나죠. 그래서 안면은 익혀두었다고 해둡시다. 그러나 이 정도로 뭘 안다 말하기에는 솔직히 민망한 수준이죠.

미술관 가는 것도 연례행사입니다. 솔직히 모스크바에서 오토 바이를 기다리느라 시간이 남지 않았다면 트레티야코프 미술관 Tretyakov gallery에는 가지 않았을 겁니다. 하지만 날씨는 춥고, 사람 많은 건 싫고, 갈 만한 곳이 없나 구글질을 하다가 낯익은 이름 하 나를 발견합니다. '안드레이 류블로프Andrei Rublev'라는 제목을 가 진 안드레이 타르코프스키 감독의 영화였습니다. 흑백의 영화로,

안드레이 류블로프를 둘러싼 짧은 에피소드들이 이어지는 구성이었습니다. 아마 분도 시청각 연구소라는 천주교 산하 단체에서 두 편의 비디오로 나뉘어 나왔던 기억이 납니다. 그것 빼곤 전부 잊어버렸거든요. 아무리 기억을 돌이켜 봐도 떠오르는 에피소드는 종을 만들 줄 안다고 사기 치는 소년의 이야기뿐입니다. 안드레이 류블로프에 관해 아는 것은 이콘icon 화가였고, 러시아는 혼란스러운 시기였으며, 삼위일체 그림을 그렸다는 것 정도입니다. 타르코프스키 영화를 거의 다 좋아하는 편이지만 이 영화만은 유독 재미없게 봤던지라 기억이 희미합니다. 제가 안드레이 류블로프에 대해 기억하는 건 툭 치면 울 것 같은 인상의 캐릭터로, 영화 속에서 내내 유령처럼 걸어 다녔다는 것입니다. 그래도 조금은 아는 사람이 나오니 반가워서 미술관에 가기로 합니다.

그런데 두 가지에서 놀랐습니다. 생각보다 사람이 많았고, 안드레이 류블로프의 그림은 없었습니다. 못 찾았거나 제가 모르는 어떤 이유로 전시하지 않았겠죠.

어쨌거나 18세기 후반부터 20세기 초반까지 러시아 미술의 흐름을 시간 순으로 보게 됐습니다. 따라서 미술에 관해 무지한 사람이 어설픈 인상비평을 남기는 수준으로 러시아 미술에 대한 감상평을 적어보겠습니다.

미술관에 대한 첫인상은 '왜 이렇게 전시했지?'였습니다. 처음 절 맞이한 18세기 말부터 19세기 초반까지의 러시아 미술을 전시한 방들에는 벽에 2열로 빽빽하게 그림들이 걸려 있었습니다. 그리고 호수가 작은 그림들은 벽 밑에 테이블을 놓고 따로 전시했죠. 그러니까 3단으로 전시한 셈입니다. 이게 뭐가 이상한가 싶을 수도 있겠지만, 이렇게 전시하면 개별 그림들을 잘 감상할 수 없습니다. 잘 그린 그림, 특히 유화의 경우 보는 각도와 거리에 따라 그 느낌이 달라집니다. 더구나 유리 액자에 넣어서 전시하면 반사되는 빛과 시선의 제약으로 제대로 감상할 수 없습니다. 정말이지 저렇게 걸어 놓은 사람을 잡아서 주리를 틀고 싶은 심정이었죠. 물론 후에 알게 된 바로는 나름의 이유가 있었습니다. 뭐, 미술관 인상이 중요하겠습니까? 그림이 중요하지요.

그럼 그 그림 이야기를 해볼까요?

일단 19세기 초반까지의 러시아 미술은 한마디로 축약하면 '그리스 로마에 대한 덕질', '워너비 서유럽'인 것 같습니다만, 사실 흉내 냈다고 하기도 우울합니다. 제 기억이 정확하다면 아마도 이걸 미술사에서는 '고전주의'라고 할 겁니다. 당시 낭만주의와 함께 신고전주의가 서유럽을 휩쓸고 있었으므로 어쨌든 동시대적이지 않나 할 수 있지만, 신고전주의보다는 정말이지 고전주의 같습니다. 동시대성의 부재라든가, 부족한 표현력이 딱 르네상스 미술을 덕질한 작품 같다는 게 제 솔직한 소감입니다. 특히 지나친 반사광 때문에 그림을 제대로 감상할 수 없는 상황에서도 확실히 알 수 있는 건 안쓰러울 정도로 그림에 물감을 적게 썼다는 겁니다. 유화는 물감을 적게 쓰면 특유의 광택이나 질감이 살지 않습니다. 한마디로 때깔이 안 나죠. 가능하면 평면적으로 그리는 현대미술에서도 제가 아는 한 물감을 아끼지 않습니다. 평면적 느낌을 내기 위해 최대한 얇게 여러 번 칠하죠.

그런데 러시아 미술은… 네, 굉장히 빈곤해 보입니다. 잘 보기 위해 앞뒤로 왔다갔다 해보지만 맥이 빠집니다. 이 시기 러시아 미술은 동시대 서유럽 미술의 압도적인 구도나 섬세한 묘사, 드라마틱한 음영, 선명한 색감, 어느 것 하나 내세울 게 없습니다. 서유럽 국가 중 빠른 나라들은 이미 15세기에 자신들만의 미학적 특징을 가지고 덕질하던 그리스 로마의 유산을 발전시켰습니다. 그래서 동시대 대부분 나라는 예술의 변경에 있든 중심에 있든 자신들만의 개성과 미학적인 양식미를 갖추었습니다. 이를테면 '거친 바다 그림', 하면 네덜란드가 떠오르는 것처럼 말이죠.

그래도 인물화는 참아줄 만했지만, 풍경화는 정말이지 처참했습니다. 그래요, 러시아의 광활하고 파노라마 같은 풍경을 담은 것은 고사하고, 제가 지난 일주일간 시베리아 횡단 열차를 타고 오며 내내 본 자작나무 하나를 제대로 그린 화가가 없습니다.

파노라마 이야기가 나와서 말인데, 서구 화가들은 유화 물감을 여러 번 덧칠하면서 그 미묘한 농담으로 공간을 이루고 있는 공기의 밀도를 표현하고, 그를 통해 근경과 원경을 입체적으로 보여주는 하나의 풍경화 스타일을 완성합니다. 따뜻한 공기 아래 이지러지는 공간의 질감을 채색을 통해 담아내고, 그렇게 원경과 근경이 합쳐진 파노라마panorama를 만들어냈던 겁니다. 아, 파노라마는 '모든'을 의미하는 'pan'과 '경치'를 의미하는 'horama'의 합성어입니다. 그런데 러시아는 따뜻한 공기의 이지러짐으로 밀도를 표현할 수 있는 공간이 결코 아닙니다. 차고 선명한 공기 아래 쨍한 전경부터 끝이 보이지 않는 지평선까지 광활한 공간이 펼쳐지는 곳이죠. 그런데 이탈리아 풍경화 흉내나 내고 있으니, 자신들의 나라를 제대로 그릴 수 있을 리 없습니다.

이런 디테일이나 표현력의 문제는 비단 풍경화에 그치는 게 아닙니다. 조각들도 꽤나 슬픈 게, 발목의 복사뼈 위치도 맞지 않습니다. 아아, 이탈리아 애들은 이미 르네상스 시대에 해부학을 배우며 습득한 그런 디테일을 말이죠.

그래요. 낚여서 온 건가 싶어 후회하기 시작했습니다.

그래도 19세기 중반으로 접어들자 재밌는 그림들이 보이기 시작합니다. 느리긴 해도 동시대 서유럽 스타일을 어느 정도 흉내내는 그림들도 있고, 발색도 이전보다는 조금 나아졌습니다. 무엇보다 그리스 로마 덕질을 그만두고 자신들의 삶을 리얼하게 표현하기 시작하면서 드디어 디테일이라는 게 생겨나기 시작했죠.

동시대 그림들 중 가장 맘에 들었던 것은 J. F. 크렌도프스키라는 작가의 「사냥 전의 화가들」입니다. 제목 그대로 사냥 나가기 직

전의 모습을 담은 이 그림은 디테일이 정말 섬세하게 살아 있습니다. 제대로 보고 경험하고 그린 그림이죠. 덕질이 아니에요. 그림에서 댕댕이의 표정을 잘 보시면 뭐라 말하는지 느껴질 겁니다. "주인아! 우리 언제 나가?"

물론 덕질의 전통도, 서양미술에 대한 흠모도 여전합니다. 미술관 측에서 의도한 것인지는 모르겠습니다만, 이전 시대 서유럽 유명 미술가들의 작품과 흡사해 보이는 작품들을 배치해 놓았습니다. '들라크루아Delacroix를 좋아하신다고요? 우리에겐 이런 친구가 있습니다, 카라바조Caravaggio를 좋아하신다고요? 러시아에는….'

그런데 조금, 그림과 그림 사이의 간격이 넓어진 것 같네요. 여전히 그림이 많이 걸려 있긴 하지만 그 대표작이 벽면 하나를 차지하고, 그 양 옆으로는 그 그림의 밑그림이라든가, 각 인물들의 얼굴 그림을 따로 배치해 놓았습니다. 다른 미술관에서 보지 못한 구성이라 신선합니다. 그런데 솔직히 말하자면, 개별적인 그림에서 압도적인 인상을 받는 일은 없었습니다. 좋은 그림도 보이기 시작하고 나름 개성도 생기지만, '아, 잘 그리는구나' 정도의 느낌입니다. 정말 훌륭하다면 저 같은 무지렁이도 눈이 번쩍 뜨일 텐데, 유감스럽게도 공양미 삼백 석 같은 작품은 없었습니다. 다만 인물화들은 정말 개성을 잘 살린 듯했습니다. 인물의 감정을 과감하게 드러내고 거침없이 표현한다는 느낌입니다. 그리고 물감을 아낌없이 쓴 그림도 나오기 시작했습니다. 제 속이 다 후련하더라고요.

눈에 들어오는 것들은 주로 풍속화였습니다. 재밌고, 개성 있고, 확실히 러시아만의 무언가가 느껴졌습니다. 그걸 아직 정말 잘한다고 보긴 힘들지만 말이죠. 기술 부족 때문이 아니라 아직은 서구의 유명한 유파들을 따라 한다는 느낌이 없지 않기 때문입니다. 그 이유는 나중에 상트페테르부르크Sankt Peterburg의 페트로드보레츠Petrodvorets에 가 보고 원인을 미뤄 짐작하게 되지만, 그것은 훨씬 후의 일입니다.

19세기 후반으로 가면서 또 다른 전기를 맞이합니다. 가장 큰 변화는, 드디어 그림이 하나씩 걸려 있다는 겁니다.

그럼 우선 풍경화에 대해서 먼저 말하겠습니다. 진짜 제 속이 다 시원했거든요. 러시아 풍경을 봤을 때 말입니다. 그런데 그림에서 진짜 시베리아, 진짜 초원, 진짜 자작나무 숲, 진짜 타이가 숲… 와! 진짜 열차 타고 오며 본 풍광이 제대로 보입니다. 이 정도는 그려줘야 이 영토가 안 아깝죠.

사실주의적으로 그렸기 때문에 이렇게 말하는 건 아닙니다. 인상주의의 영향을 받은 그림들도 있고, 조금은 추상화에 가까운 풍

경화도 있습니다. 다만, 그 식생을 알 수 없는 정체불명의 상상과 신화 속 지중해 풍경에서 드디어 구체적인 숲이나 사막 혹은 거대한 평원 등 진짜 풍경으로 바뀌었습니다. 심지어 침엽수의 껍데기 하나, 이파리 하나를 생생하게 그린 그림도 있습니다.

그래요, 후기 그림은 러시아 미술 자체가 풍요로워지며 다양한 스타일로 구현되는데, 그중 사실주의적인 흐름도 있습니다.

한 그림에서는 캔버스의 한 편에 배치된, 시장에서 잡화상을 구경하는 아가들까지도 아주 디테일하게 표현해냈습니다. 구멍 뚫린 가죽, 올 풀린 지푸라기, 털옷에서 삐져나온 오라기까지 느낌이 정말 잘 살아 있지 않습니까? 반세기 전에만 해도 물감을 아끼고 디테일은 과감하게 생략했던 나라의 그림이라는 것이 믿기지 않습니다. 고작 한 세대가 바뀌었을 뿐인데 말이죠.

하지만 진짜는 늘 상대적으로 강한 면모를 보였던 초상화였습니다. 초상화로 말하자면 이미 서유럽에서 뽕을 뽑을 데까지 뽑은 분야 아닙니까. 아직 러시아가 개척할 분야가 남아 있을까 싶은 영토지만, 러시아는 해냅니다. 마치 한 장의 사진처럼 순간을 잘라내 인물의 감정을 고스란히 드러냅니다. 그래요, 서유럽과 달리 인물의 성격과 감정을 노골적으로 드러내면서 말이죠. 서유럽의 인물화들은 물주로부터 의뢰를 받아 그려졌습니다. 따라서 대상을 정확하게 묘사하면서도 물주의 기분을 상하게 해선 안 됐죠.

인물화는 물주의 기분이 작가의 의도를 앞서는 환경 탓에 한계를 드러낼 수밖에 없었는데, 그 한계를 화가들은 상징성이나 은유로 돌파하려 했습니다. 이를테면 군상이 나오는 역사화의 경우,

서유럽 그림은 그림 속 인물들에 대한 어떤 지식을 갖추고 있어야 합니다. 왜냐하면 그들의 표정에서 감정이 노골적으로 드러나지 않는 데다가 그 상황에서 인물들의 역할이나 감정을 최대한 은유적으로 표현했기 때문입니다. 네덜란드 풍속화 중에 그냥 앉아 있는 여자에게 인사하는 남자 그림이 있습니다. 정말 성적인 요소라곤 1도 없는 무감한 표정의 남녀죠. 하지만 테이블 위에 놓인 굴 때문에 이건 유부남이 처녀를 꼬시는 그림, 즉 불륜을 다룬 풍속화가 되는 거죠. 이렇게 서유럽 그림은 상황이 어떻게 돌아가는지에 관한 사전 지식이 있어야 그림을 이해할 수 있고, 인물들의 행동을 표현한 방식에 문학적으로 감탄하게 되는 지점이 있습니다.

하지만 러시아는 아주 직선적이고 노골적입니다. 어찌 보면 예술적이지 못한 것 아니냐, 천박한 것 아니냐 말할 수 있습니다. 하지만 그렇기에 재밌습니다. 그림이 어떤 배경에서 그려졌고, 그림 속 상황이 어떠했고, 미술사에서 어떤 위치를 차지하는지에 관해 큐레이터에게 들어야 하는 서유럽 그림과는 다릅니다. 그냥 딱 봐도 상황이 눈에 들어오죠. 그림 속 인물이 누군지 몰라도 상관없습니다. 누가 희생자이고 누가 가해자인지, 누가 선하고 누가 악한지 그저 표정만 봐도 알 수 있습니다. 드라마틱하다 못해 영화 포스터나 유튜브 썸네일 수준입니다. 수준 낮다고 말할 수도 있겠으나 역설적이게도 그 때문에 생동감과 힘이 느껴집니다. 이게 어떻게 가능한지 의아할 지경이죠.

저는 그 이유를 옆 전시실의 기획전을 보며 미루어 짐작하게 됩니다. 인쇄된 성경이 보급된 이후 변화된 이콘을 전시하고 있었는데, 사진 촬영을 금했던 터라 사진은 없습니다.

　이콘은 가톨릭이나 정교회에서 성인들을 그려놓은 종교화를 말합니다. 하지만 꼭 성인만 그린 건 아닙니다. 많은 경우 성서 속 이야기를 그림으로 표현했습니다. 왜냐하면 당시 러시아의 농노 대부분은—심지어 귀족들조차—문맹이었기 때문이죠. 따라서 이콘은 단순한 그림이 아니라 많은 이에게 성경책 그 자체였습니다.

　러시아는 아주 오래전부터 이야기를 그림으로 표현하는 전통이 있었고, 여기에는 극도의 형식미가 있었습니다. 대상을 그리는 방식이 정해져 있었고, 성인을 그리는 구도, 인물을 그리는 방식, 누가 나와야 하는지까지 엄격하게 정해져 있었습니다. 때문에 화가들은 역설적이게도 성스럽지 않은 이들을 그리는 방식에서 자신들의 개성을 표현할 수밖에 없었고, 하나의 그림에 이야기 전체를 보여주는 표현법을 고민해야 했습니다. 이콘의 서사성이 이콘 특유의 형식미를 벗어던지면서 재능 있는 초상화가들이 나타난 19세기 후반, 러시아 미술의 잠재력이 드디어 폭발해버린 거죠.

　그리고 마지막으로 미하일 브루벨Mikhail Vrubel이 있습니다. 네, 처음이자 마지막으로 제가 이름을 기억하는 화가입니다. 미술관에서는 그에게 아주 넓은 공간을 할애하고 있는데, 이게 압권이었습니다. '더 위처' 시리즈 주인공인 리비아의 게롤트를 떠올리게 하는 「리비아의 사자」라는 작품도 있군요.

　브루벨 작품에서 받은 느낌을 정리하자면, 이콘화에 고야를 더하고, 거기에 인상주의 화풍을 집어넣어 잘 섞은 후 아르누보Art nouveau를 두 스푼쯤 얹어서 만들어낸 무언가라는 인상이었습니

다. 무얼 따라 한 것이 아니라 이종교배로 태어난 독자적인 돌연변이 느낌이라고 하면 이해할 수 있을까요? 사실 그날 트레티야코프 미술관에 가기 전까지 저는 브루벨이라는 사람을 알지도 못했습니다. 하지만 그의 그림을 본 것으로 입장료 이상의 무언가를 벌어 가는 느낌이었습니다. '이걸 보러 여기 온 거구나' 하는 어떤 사명감을 느꼈다고 하면 조금 구라고요, 본전은 건졌다는 느낌이었습니다.

이렇게 적고 나니 더 할 말이 없네요. 네, 기-승-전-브루벨입니다. 이 외에도 몇 군데 미술관에 더 갔지만, 다른 곳의 인상은 적지 않겠습니다. 미술에 관해 알지도 못하면서 너무 많이 말한 것 같습니다. 날은 영상 1도까지 떨어졌고, 사람 많은 곳은 싫어서 모스크바의 핫플레이스를 피해 다니다 보니 현대 미술관부터 여러 미술관에 가게 됩니다. 하지만 러시아 미술에서 흥미로웠던 건 오히려 지하철역에 그려진 벽화 같은 것들이었습니다. 지하철역 이야기도 하고 싶은데 쓰게 될지는 모르겠네요.

개혁은 왜 그토록 어려운가?

상트페테르부르크 방문기

사실 상트페테르부르크에는 전혀 갈 생각이 없었습니다. 그 도시에 대해 제가 알고 있는 건 예전에 레닌그라드였고, 그 전에는 제정러시아의 수도였으며, '성 베드로의 도시'라는 뜻을 가지고 있다는 정도였습니다. 맞습니다, 아는 게 없죠. 하지만 오토바이가 오지 않았습니다. 철도운송 회사 직원은 난처하다는 표정으로 내일 와 달라고 합니다. 그래서 다음 날 방문하죠. 그래요, 다음 날에는 드디어 사무실에 컴퓨터를 쓸 줄 아는 직원이 출근했던 겁니다. 그 직원이 30분간 검색한 끝에 그쪽에서 늦게 붙였다고 하면서 5일 후에 도착한다고 알려주네요. 아! 이 러시아 놈들! 수기로 송장을 작성할 때부터 왠지 기분이 좋지 않았습니다. 제가 한때 운송업 알바를 한 적이 있어서 아는데, 전산화가 돼 있어도 화물이 종종 누락되는데 수기라면… 아마 창고에 처박아 놓고 보내는 걸 잊어버렸겠죠. 그래서 시간이 붕 떠버렸습니다. '이게 러시아구나', 감탄했습니다. 네, 이것도 여행의 일부입니다.

어쩔 수 없는 일은 어쩔 수 없는 거니까 재빨리 멘탈을 추스르고 플랜 B를 세워 봅니다. 그 결과 심야 기차를 타고 상트페테르부르크로 갑니다. 역 옆에서 이 사달이 났으니 기차를 타야죠. 그리하여 예정에 없었지만 제정러시아의 수도를 방문하게 됩니다.

모스크바를 보고 판단했던 러시아에 대한 기대치가 있었는데,

▷▶ Sankt Peterburg, Russia

그 기대치가 솔직히 높지는 않았습니다. 이를테면 테트리스 게임의 배경인 성 바실리 대성당은 예쁘기는 하지만 30미터 미인입니다. 가까이 다가가서 보면 심각하게 디테일이 떨어지거든요. 물론 모스크바를 싫어하는 건 아닙니다. 정돈되고 통일성 있고, 예쁜 도시라 말하기에 부족한 것은 사실이지만 볼쇼이 극장처럼 아름다운 건물들도 있고, 소련 시절 관공서로 많이 지어진, 제가 좋아하는 아르데코Art deco 양식의 건물들로 인해 모스크바의 스카이라인은 위압적이기까지 합니다. 하지만 시내의 거리 풍경은 비효율적으로 난개발된 도시라는 인상입니다. 따라서 상트페테르부르크에 대한 기대 역시 그다지 크지 않았습니다.

그런데 솔직히 예상보다 훨씬 좋았습니다. 제가 간과한 게 있었는데, 모스크바는 나폴레옹의 방치 속에 그의 부하들이 싹 불태운 탓에 폐허에 다시 지은 도시이고, 따라서 붉은광장 일대를 제외하곤 뭐가 남아 있는 도시가 아니었습니다. 이에 비해 상트페테르부르크는 제2차 세계대전 내내 독일군에게 포위, 공격당했음에도 정복된 적 없는 도시였죠. 그래서 구도심에는 과거 러시아의 유산이 많이 남아 있습니다. 그리고 러시아가 몽골의 후예들에게 이리저리 치이고 쪼들리던 시절의 수도가 아니라 나름 새로운 유럽 북방의 강자로 떠올랐던 자타공인 제국 시절에 전성기를 함께했던 수도라는 겁니다. 더구나 그 제정러시아의 지배자들은 그리스 로마 덕후였죠. 그러니 양식적인 화려함은 말해 무엇하겠습니까. 다만 스타일은 어디서 본 듯하지만, 그게 중요하겠습니까. 디테일 없이 대충 만든 것 같은 건물들에 드디어 화려한 장식이 들어가기 시작했는데요. 하여간 그러저러한 이유로 구도심의 왕궁들과 관공서 건물들은 네바강 가에 각자 화려함을 자랑하며 지어졌습니다.

황제의 명령으로 습지를 메꾸고 만든 이 도시의 롤모델은 무려 '유럽의 응접실'이라 불렸던 베네치아라는 설이 있습니다. 물론 베네치아에 직접 방문해 보면 어떤 설들은 믿고 거르는 편이 좋다는 생각이 들죠. 하지만 그게 중요합니까. 어쨌거나 볼 게 많은 도시입니다. 다른 도시와 비교할 것 없이 나름 독특한 진짜 러시아의 옛 도시인 겁니다. 여름 궁전과 겨울 궁전이 있었는데, 현재는 두 군데 다 과거 왕가에서 소유했던 미술품들을 전시하는 미술관으로 꾸며져 제정러시아 시절 황제들의 고상한 미적 안목을 짐작할 수 있게 합니다. 그중 특히 겨울 궁전인 에르미타주 미술관은 유럽 3대 미술관으로 꼽힐 만큼 컬렉션 수준이나 양이 어디 내놔도 빠지지 않을 정도입니다. 모스크바의 미술관들처럼 동선은 정

말 형편없지만 말이지요.

　18세기부터 19세기 초반까지만 해도 미술을 포함해 예술을 하기 위해서는 후원자가 있어야 했습니다. 가장 든든한 후원자는 누가 뭐래도 왕가 사람들이었죠. 19세기 초반 러시아 미술이 그토록 독창성이 없었던 이유를 이제 짐작하실 수 있겠죠. 이 부분은 여름 궁전에 가면 더 확실하게 알 수 있습니다. 분수에 환장한 사람이 만든 것 같은 페트로드보레츠 여름 궁전은 아주 사방에서 그리스 로마 덕 내가 풍깁니다. 흰 대리석 석상과 그리스 양식의 기둥이 로마식 분수와 함께 여기저기서 마구 튀어나오거든요. 인공호수 앞에 지어진 40평 남짓 하는 2층짜리 황제의 거처는 의외로 작고 소박하지만, 황제의 거처에 딸려 있는 후원에도 역시나 사방에 서유럽 그림, 특히 네덜란드 바다 그림들이 전시되어 있더군요. 아, 세계사 시간에 배운 부동항의 열망을 여기서 그림으로 보게 되는 건가요!

　왜 이렇게 러시아 황제들은 대대로 로마 덕질을 해댄 걸까요?

머리 두 개 달린 독수리 문장을 보면 짐작되는 바가 없지 않습니다. 로마 같은 강한 제국이 되고 싶었던 거죠. 사실 서유럽에 대한 열망은 나폴레옹과의 전쟁에서 이긴 19세기 초반까지 이 나라에 거의 콤플렉스로 작용했던 것 같습니다. 그리고 이 나라에는 그때까지 실제로 중세적인 요소가 많이 남아 있었습니다. 독자적인 공업 기반이 부재했고, 따라서 도시 노동자나 자본가에게 힘이 거의 없는 상황에서 귀족이자 대영지의 주인들이 농노를 부려 국가의 기반을 이루던 나라였거든요. 그 결과 제국은 무적의 나폴레옹을 제압한 놀라운 저력에도 불구하고 재정적으로는 사실상 속 빈 강정 같았습니다. 그리고 산업적으로 발전의 여지도 거의 없었죠.

자, 이쯤에서 이번 이야기의 주인공이 등장하죠. 바로 알렉산드르 이세Aleksandr II입니다. 러시아를 근대화하기 위해 개혁에 앞장섰고, 농노제 폐지에 일생을 바친 황제죠. 하지만 이야기는 주인공이 죽은 후 본격적으로 시작됩니다.

상트페테르부르크에 성 바실리 대성당 짝퉁처럼 보이는 성당

▸▸ Sankt Peterburg, Russia

이 하나 있습니다. 하지만 놀랍게도 원본보다 화려하고 디테일하며 완성도가 높죠. 바로 '피의 성당'이라고도 불리는 그리스도 부활 성당입니다. 왜 피의 성당이라고 하냐면, 알렉산드르 이세의 아들인 알렉산드르 삼세Aleksandr III가 아버지가 죽은 자리에 지은 성당이기 때문입니다.

알렉산드르 이세의 사망 원인은 급진파의 테러 때문이었습니다.

잠깐만요. 개혁에 일생을 바친 황제라면서요? 네. 하지만 그 개혁은 썩 성공적이지 못했습니다. 여러 이유가 있었는데, 결국은 귀족들의 지지를 받지 못한 상황에서 한정적인 왕권으로 타협적이고 점진적인 개혁을 할 수밖에 없었기 때문입니다. 농노제는 폐지했지만 농노들은 자신의 몸값을 지주에게 지불해야만 해방될 수 있었고, 이는 농노의 처지를 더 괴롭게 했습니다. 그 외에도 여러 서구의 제도를 도입하며 나라를 근대적인 국가로 탈바꿈시키고 인간의 기본권을 보장하는 나라로 만들려 하면서도 황제 입장에서 자신의 권력을 분산시키지 않기 위해 완급 조절을 할 수밖에 없었습니다. 그렇게 속도 조절을 하는 황제가 아이러니하게도 개혁을 바라는 급진파에게는 개혁의 걸림돌로 보이게 됩니다. 황제가 모두의 반대를 무릅쓰고 개혁을 독려하고 있었는데도 말이죠.

그 성품은 그의 마지막 모습에서도 여지없이 드러납니다. 이미 황제를 암살하려는 시도가 여러 차례 있었고, 이를 걱정한 당시 프랑스 황제였던 나폴레옹 삼세가 그에게 방탄 마차를 선물합니다. 얼마 후 새로운 개혁 법안을 통과시키고 돌아오는 길에 그는 다시 폭탄 테러를 당했지만, 다행히 마차 덕분에 무사합니다. 그러나 그 일로 인해 부상자들이 발생하자 마차에서 내려 직접 상황을 지휘하던 중 또 한 차례 폭탄 테러가 있었고, 이때 황제는 치명상을 입게 됩니다.

다시 피의 성당으로 돌아가 보겠습니다.

성당은 러시아의 여러 성당 양식을 집대성한 독창적인 양식으로 알렉산드르 삼세의 명을 받아 만들어졌습니다. 유래 없이 빠르게 완성된 이 성당의 내부는 예수 그리스도의 일생을 담은 이콘으로 장식되었습니다. 그리고 바로 황제가 폭탄 테러를 당했던 그 길, 그 자리에 부활하는 예수의 이콘이 있습니다. 알렉산드르 삼세의 의도가 너무 노골적이죠. 자기 아버지를 예수와 동일시하고 있는 겁니다. 알렉산드르 이세는 어찌 보면 농노를 위해 희생한 지도자라 할 수 있을 겁니다. 그런 면에서 알렉산드르 삼세가 무얼 표현하려 했는지 알 수 있습니다. 하지만 현실 정치에서 늘 그렇듯 개혁이 어정쩡하게 이뤄지다 말면 모두가 괴로운 상황이 벌어집니다. 흔한 말로 "가만히 있으면 중간은 가는데 괜히 건드려서 이 사달을 만드네"라는 말을 듣게 되는 거죠. 알렉산드르 이세가 처한 상황이 딱 그랬죠.

그가 실수한 부분도 있었지만, 당시 러시아의 현실에서 그 이상의 개혁은 쉽지 않았을 겁니다. 따라서 그걸 황제의 잘못이라고만 하기도 어려운 상황이었죠. 젊은 시절 유럽에서 유학한 황제는 알고 있었거든요. 이대로라면 러시아가 삼류 국가로 전락하는 것은 물론, 왕가 역시 무사하지 못할 거라는 걸 말이죠.

알렉산드르 삼세는 아버지의 숙원이었던 개혁을 접고, 보수적

▷▷ **Sankt Peterburg, Russia**

인 방향으로 돌아섭니다. 그리고 피의 성당을 만든 인물답게 아버지의 죽음에 관련된, 그리고 비슷한 사상을 표방하는 급진 개혁파에게 피의 복수를 합니다. 그리하여 황제가 급진파를 죽이고, 급진파가 다시 복수를 위해 황제 암살 시도를 하고, 다시 그에 대한 복수를 하는, 복수가 복수를 낳는 죽음의 사이클이 시작되죠.

이 피의 복수에서 니콜라예비치 알렉산드르 울리야노프라는 이름의 한 청년이 죽임을 당합니다. 이 청년에게는 니콜라예비치 일리치 울리야노프라는 동생이 있었는데, 이 동생은 자라서 블라디미르 일리치 레닌Vladimir Ilich Lenin으로 이름을 바꾸고, 알렉산드르 삼세의 아들이었던 니콜라이 이세 일가를 말 그대로 멸문시킵니다. 운명의 장난이 아닐 수 없었죠. 그리고 역사의 수레바퀴는 구르고 굴러 혁명과 혁명, 내전으로 피의 수레를 가득 채웁니다. 그것으로 모자라 스탈린Iosif Vissarionovich Stalin이라는 희대의 독재자가 등장해 또다시 숙청의 피바람을 일으키죠. 이 숙청은 히틀러Adolf Hitler가 소련의 역량을 평가절하하게 하는 결과를 낳고, 이는 독소전쟁의 원인이 됩니다. 아이러니하게도 이 모든 일을 겪고 나서야 알렉산드르 이세가 꿈꾸던 '공업국가 러시아'가 이 독재자의 손에 의해 현실화됩니다.

역사에 만약이란 없다지만, 알렉산드르 이세가 그때 죽지 않았다면 이 피의 수레가 제2차 세계대전까지 멈추지 않고 질주하는 걸 막았을지도 모릅니다. 즉, 개혁이 실패할 때 역사가 어떻게 돌아가는지 러시아에서 그 한 예를 볼 수 있습니다. 개혁이 실패하면 사회는 부조리를 바꾸기 위해 변혁을 일으키는 수밖에 없고,

혁명이나 전쟁처럼 피를 요구하는 방향으로 흘러갈 가능성이 큽니다. 그리고 이런 균형추의 급격한 이동은 마치 진자와 같아서 멈출 때까지 계속 새로운 피를 요구합니다.

알렉산드르 이세의 경우처럼 의도가 훌륭하고 비전이 있다 하더라도 개혁은 쉽지 않습니다. 그의 개혁이 실패하고 그토록 어려울 수밖에 없었던 이유는 개혁의 원동력이 그의 권력에 한정되어 있었으며, 그 비전을 다수의 사람들과 공유하지 못했기 때문입니다. 개혁은 결코 혼자 할 수 없고, 그 구성원들의 준비와 도움이 필요합니다. 황제의 경우 그의 비전에 공감하는 이들이 너무나 적었으므로 개혁이 미칠 영향과 파급력에 대한 구체적인 대비조차 할 수 없었고, 개혁을 원하던 세력은 오히려 속도를 놓고 사분오열된 채 서로가 서로의 적이 되어버렸죠.

피의 성당은 그런 의미에서 단순히 예술적 의미가 큰 성당이나 종교적인 기념물에 한정된 장소가 아닙니다. 그 이면에는 어떤 정치적이고 역사적인 교훈이 있죠. 후일 러시아가 겪었던 수난을 생각하면 참 안타까운 장소가 아닐 수 없습니다. 제게는 이게 남 일 같지 않았는데, 그 이유는 한국 사회 역시 변화를 필요로 하고 있기 때문입니다. 그리고 그 변화를 제때 이루지 못하면 우리를 기다리고 있는 것은 고통스러운 시간일 것입니다. 문제는 러시아의 경우처럼 이게 정말 쉽지 않다는 거죠. 변화의 필요성을 인정한다 해도 현실에서는 각자의 이해관계가 있으니까요.

바람 부는 네바강 가에서 괜히 이런저런 생각에 잠겨 봅니다. 그나저나 오토바이 여행이었는데, 오토바이는 언제 타나요?

그러고 보니 오토바이 여행이었던 것 같네요

보름 만에 시동을 걸어봅니다

밤 기차를 타고 상트페테르부르크에서 돌아옵니다. 고작 2박을 하면서 여름과 겨울 궁전을 보고 도스토옙스키 박물관과 길거리에서 만난 현대 미술관, 그리고 여러 러시아정교회 성당을 구경하느라 본의 아니게 빠듯했던 시간이었습니다. 워낙 일정에도 예정에도 없이 갔다가 휘리릭 둘러보고 온지라 아쉬움이 남습니다. 뭐, 언젠가 와야 한다면 다시 올 기회가 있겠죠.

아, 도스토옙스키 박물관에 대해 짧게 얘기하자면, 그의 소설을 좋아하긴 하지만 사실 박물관을 찾아가고 생가 구경을 할 정도로 마구 애정하지는 않습니다. 작품이 좋으면 좋은 거지 그걸 쓴 작가에게는 사실 별 관심이 없거든요. 이곳은 가려 해서 간 곳이 아닙니다. 숙소에 도착하자마자 코인 빨래방을 검색해 걸어서 10여 분 거리에 있는 그곳에 도착하고 보니 놀랍게도 코인 빨래방이 아니라 그냥 세탁소였습니다. 빨래를 맡기니 2시간 후에 오라고 시간을 숫자로 적어줍니다. 그래서 한 손에 빨래 가방을 든 채 근처에 뭐가 있는지 검색하다가 걸어서 3분 거리에 도스토옙스키 박물관이 있는 걸 알게 되었습니다.

박물관 1층은 매표소, 2층은 그의 발자취를 담은 갤러리, 3층은 그가 살았던 집입니다. 빚에 쪼들리던 도박에 중독된 가난뱅이 이미지와는 어울리지 않게 그의 집은 의외로 윤택해 보여서 놀랐고

▷▶ **Moskva, Russia**

−말년에 만난 스무 살 어린 아내가 경제적으로 유능했다고 합니다−인형 소품이나 작은 장식용 찻잔이 많아서 신선했습니다. 딸 키우는 집이라 그랬던 걸까요?

하여간 밤 기차를 타고 다시 모스크바로 돌아옵니다. 도착한 역에서 케밥을 먹으며 철도운송 회사가 문을 열 때까지 기다렸다가 오토바이를 찾으러 갑니다. 예의 컴퓨터를 다루는 직원이 도착 송장을 보여줍니다. 그녀가 화물을 찾는 직원을 부르니 한 직원이 사무실로 들어와 오토바이가 도착했다는 사실을 제게 알려줬고, 저는 다시 화물을 꺼내 주는 직원을 기다립니다. 아아, 일 처리 방식이 무척 참신합니다. 공산주의 시절의 업무 로직이 그대로 남아 있어서 직원들이 각자 자기 일만 하는 겁니다. 심지어 다른 업무를 하고 있는 것도 아닌데 말이죠. 제가 다음에 무엇을 어떻게 해야 하는지 물으면, '내 일 아닌데?' 하는 표정으로 어깨를 으쓱할 뿐입니다.

여하간 화물 꺼내 주는 직원이 등장했고, 그가 드디어 오토바이가 담긴 나무 상자를 가져옵니다. 그는 상자를 꺼내다 놓고는 멍하니 서 있는 제게 손짓으로 뜯으라는 시늉을 합니다. 아마 뜯어 주는 직원이 따로 있겠지만 아직 출근을 안 했거나 오늘 휴무겠지요. 어쩌겠습니까? 이 나라에 왔으니 이 나라의 법을 따라야겠지요. 제가 맨손으로 나무 상자를 뜯으며 땀을 뻘뻘 흘리고 있으니 컴퓨터 담당 직원이 노루발을 가져다줍니다. 그렇게 저는 톱밥을 뒤집어쓴 오토바이와 창고에서 재회합니다. 그래요, 그래도 멀쩡하게 만난 게 어딥니까.

저는 묵묵히 분리해놨던 사이드 미러를 오토바이에 단 후 상자를 마저 해체합니다. 마지막으로 바닥 나무판에서 오토바이를 꺼내면서 고생을 좀 하지만, 화물 운전사 한 명이 갑자기 차에서 내려서 끙 하며 제 오토바이를 꺼내 주고는 말없이 화물차를 타고 가버립니다. 이게 러시아 스타일의 친절입니다. 그래요, 업무적으로 엮이지만 않으면 기본적으로 친절합니다. 웃는 얼굴을 보기 힘들고 말도 없지만, 노인들이 짐을 가지고 계단에서 쩔쩔매고 있으면 그냥 들어 올려주고 가버리는 게 러시아 스타일입니다. 뭐랄까, 마지막으로 러시아의 단맛 쓴맛을 동시에 맛본 기분입니다.

오토바이에 무거운 제 짐을 달고, 시동을 걸어봅니다. 그래요, 처음 대관령 넘을 때 이후 전혀 출연하지 못하고 있었지만 이건 오토바이 여행기였습니다. 그리고 오토바이를 타고 달리기 위해

출발한 여행이었습니다. 보름 넘게 모습도 못 본 오토바이가 이렇게 드디어 나옵니다. 세상에!

러시아가 싫은 건 아닙니다. 하지만 이제는 정말이지 떠날 시간입니다. 오늘 일로 어쩐지 봐야 할 러시아의 마지막 모습까지 본 기분입니다.

저는 유럽의 자동차보험인 그린카드를 싸게 판다는 라트비아 국경을 향해 달려갑니다. 시간이 없으니까요. 이번 여행의 첫 번째 목표를 달성하려면 지금부터 이 러시아의 찬 공기와 경주해야 합니다. 그러니 달려야죠. 아, 그러고 보니 이번 여행에 목표나 목적이 있었냐고요? 생각해 보니 목표가 있었네요.

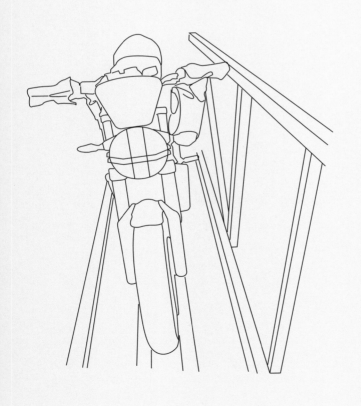

Part 2

제게도
여행의 목적이
있었네요

밀린 숙제의 시작

러시아에서 라트비아로

오토바이를 받고 기름을 채우고 나니 점심이 다 됐습니다. 오늘 달려야 할 거리를 구글 지도로 확인해보니 430킬로미터 남짓 됩니다. 대략 서울에서 부산까지의 거리죠. 차로는 모르겠지만 오토바이로는 만만치 않은 거리입니다. 부지런히 달리기 시작합니다. 간만에 핸들을 잡았더니 좀 어색하네요.

모스크바에서는 깜빡이를 안 켜고 끼어드는 건 일상입니다. 어쩐지 예전에 부산에서 운전했던 때와 비슷해서 친근합니다. 사실 러시아에서의 이야기보따리를 풀어놓자면 한도 끝도 없습니다. 세상이 멸망해도 살아남을 것 같은 러시아의 지하철—진짜 1미터 두께에 달하는 방폭 문이 지하 중간중간에 세 개나 있더군요—이라든가, 공산주의의 잔재인지 인건비가 싸기 때문인지 특이한 일에 종사하는 사람들—에스컬레이터가 끝나는 지점에 앉아 타고 내리는 사람의 얼굴을 확인하는 직원, 코인 빨래방에서 세탁을 대신 해주는 아주머니, 큰 건물의 보안요원 등—이랄지, 구 공산주의 시절 지어진 건물들의 좁고 높은 실내 공간이랄지, 우리 기준에선 신기한 이야깃거리가 너무 많습니다. 하지만 그 이야기들을 모두 뒤로 하고 일단 달립니다.

운전 매너는 그렇다 치고, 도로 사정은 기대한 것보다 좋습니다. 물론 모스크바 인근만요. 모스크바 인근 고속도로를 벗어나기 무섭게 전혀 인적 없는 도로가 펼쳐집니다. 우리 상식에서는 도로가 있으면 접근성 좋은 토지이고, 접근성이 좋으면 농지로든 창고로든 쓰지 않습니까? 그런데 러시아는 그런 게 없습니다. 숲, 황무지, 산 셋 중 하나입니다. 나폴레옹과 히틀러가 상대했던 적이 무엇이었는지 실감됩니다. 심지어 모스크바에서 멀어지고 국경에 가까워질수록 혼자 달리게 됩니다. 이상합니다. 마치 꿈을 꾸고 있는 기분입니다. 오직 미친 듯이 헬멧과 재킷에 부딪히는 벌레들만이 이게 꿈이 아니라는 걸 실감하게 해줍니다. 그래요, 차로 고속도로를 달려본 사람이라면 범퍼에 벌레 떼가 죽어 들러붙은 차를 세차해본 경험이 있을 겁니다. 오토바이를 타면 그걸 몸으로 경험하게 됩니다. 심지어 어떤 벌레들은 부딪히면 아픕니다. 그리고 인적 없는 러시아 도로는 한국에 비해 벌레가 다섯 배쯤 많습니다. 사진을 보여드리고 싶지만 너무 혐오스러운 장면이라 보여드릴 수가 없습니다. 업보죠, 엄청난 업보. 오토바이 타는 일은 곤충의 천적이 되는 일입니다. 물론 자동차가 더 많이 죽이겠지만, 자동차를 운전할 때는 최소한 그런 사실을 모르거든요. 하지만 오토바이는 촉감과 소리로 알 수 있습니다. 이 업보는 적립되어 이탈리아에서 나름 그 대가를 치르게 됩니다.

하여간 그렇게 사타구니가 저리고 오금이 쑤시고 액셀을 잡은 손가락이 경련을 일으키는 해 질 무렵이 다 돼서야 숙소에 도착합니다. 도중에 비를 세 차례나 맞은 탓에 재킷을 벗는 손이 덜덜 떨립니다.

먹은 거라고는 카푸치노 한 잔뿐이지만, 이렇게 달리고 나면 피곤해서 밥 생각도 없습니다. 하지만 내일 또 이만큼 달려야 하기에 억지로 식당에 가서 굴라시라는 이름의 헝가리식 스튜와 양고기를 밀어 넣습니다.

숙소로 돌아와 침대에 눕습니다. 온몸이 다 쑤시네요. 그래서 스스로에게 묻습니다. '무슨 영화를 누리려고 이 미친 짓을 하기로 한 거지?' 등단 10년차고 어쩌고… 그따위 듣기 좋은 소리 말고 오토바이 여행을 하게 된 직접적인 동기 말이죠. 오토바이 말고도 여행 수단은 많고, 사실 오토바이를 사서 싣고 오는 비용이면 5성급 호텔에 묵어가며 편하게 여행할 수도 있으니까요. 제가 오토바이 타기를 좋아하면 또 모르겠습니다. 오토바이를 포함해 바퀴 달린 걸 운전하는 건 전혀 좋아하지 않아서 평소에도 가능하면 피하는데 말입니다.

그래요, 모든 건 유튜브 때문입니다. 가끔 너무 지친 날은 TV 모니터에 유튜브를 틀어놓습니다. 혼자 살다 보니 가끔 백색소음이 필요하거든요. 한창 일에 치여 세상이 모두 회색으로 보이던 시기였습니다. 글 쓰는 일을 제대로 망친 어느 밤, 자괴감이 들어 접시물에 코라도 박을까 싶고, 과연 내가 작가란 직업을 갖는 게 맞는지 회의감이 들어 잠 못 들고 있을 때 오토바이를 타고 알프스를 넘는 영상을 봤습니다. 아, 저는 벌어진 입을 다물지 못했죠. '접시물보다는 저편이 낫겠네.'

이제 생각해 보니 두카티 신형 오토바이에 관한 프로모션 영상이었던 것 같습니다. 어째서 유튜브 알고리즘이 뜬금없이 제게 두카티 프로모션 영상을 틀어줬는지는 짐작도 안 갑니다. 이날 이전까지는 오토바이에 관심도 없었고, 오토바이 영상을 본 적도 없거든요. 하여간 영상이 끝났을 때 저는 영상 속 표지판에 나온 지명을 구글에서 검색하고 있었습니다. 압니다. 머리가 좀 돌아가는 사람이라면 독일이나 이탈리아로 가는 비행기 표를 끊고 오토바이를 1, 2주쯤 렌트해 스위스로 넘어가 신나게 탄 후 반납할 거라는 걸. 네, 저도 러시아에서의 마지막 밤에 이런 후회를 했습니다.

글쎄요. 제 글을 읽어 오신 분은 알겠지만, 저는 모험을 하기엔 너무나 소심하고, 남성성을 입증하기엔 애초에 그딴 것이 없고, 여행으로 뭘 증명하거나 입증하고 싶어 하지도 않습니다. 그리고 타고난 게으름 탓에 집이 최고라 여기는 사람이죠.

그때 진범을 찾아냈습니다. 바로 광석이 형이었습니다. 20대의 가장 힘들었던 시기에 저는 김광석의 '다시 부르기' 라이브 앨범을 자주 들었습니다. 라이브 중간에 광석이 형은 이런저런 이야기를 했는데, 그중 오토바이 여행에 관한 이야기도 했습니다. 마흔 살이 넘으면 아마도 할리데이비슨으로 추정되는 오토바이를 사서 세계 여행을 떠나고 싶다는 내용이었죠.

그 생각이 떠오르자 '아아, 이건 밀린 숙제 같은 거구나' 싶습니다. 그렇게 스스로도 납득하지 못했던 여행 방식에 비로소 수긍하게 됐죠. 그러자 목표가 분명해졌습니다. '눈이 와서 길이 막히기 전에 알프스 넘기.' 이제 곧 시월, 알프스에 눈이 내리면 제가 달리려는 간선도로나 옛길은 모두 통제됩니다. 유럽은 아직 따뜻하지만 좋지 않은 조짐이 있었습니다. 모스크바에 머물러 있던 찬 공기가 저의 남하에 맞춰 따라 내려오고 있는 것이죠. 그래서 오늘

비를 세 차례나 맞은 겁니다. 하지만 이때는 몰랐습니다. 그게 뭘 의미하는지 말이죠.

어쩌다 비와 함께 달리게 된 걸까요?

독일로 가는 가장 빠른 방법

아침 일찍 일어나 그린카드를 산 후 라트비아 국경까지 달립니다. 국경에서는 차들이 길게 늘어서서 출입국 심사를 받습니다. 다시 비가 오는데 줄은 좀처럼 줄어들지 않습니다. 러시아 출국 심사는 생각보다 순조롭게 진행됐지만, 문제는 라트비아 쪽 입국 심사였습니다. 심사용 통로를 하나만 열어놓고 직원들이 담배를 피우며 담소하고 있었습니다. 차 안에 있는 사람들은 그래도 상관없지만, 오토바이를 탄 저와 도보로 국경을 넘는 사람들은 비를 쫄딱 맞으며 기다리고 있습니다. 도보로 건너는 사람들은 대부분 일용직 노동자들로, 아마도 인건비가 조금 나은 라트비아 쪽으로 일하러 가는 농부들 같습니다. 어째 일부러 줄을 세우고 있다는 느낌을 지울 수 없습니다. '이것도 내 편견이겠지', 하며 애써 좋은 쪽으로 생각하려고 합니다.

하지만 비 맞으며 사람들이 기다리고 있는데 담배를 피우며 한참이나 떠들다가 그제야 사무실로 느긋하게 걸어와 창구를 여는 직원들을 보고 있자니 어째 언짢습니다. 입국도 하기 전에 라트비아가 그다지 마음에 들지 않습니다.

어찌 됐든 국경을 넘는 데 생각보다 시간이 많이 걸려 그날 라트비아를 벗어나지 못했습니다. 쫄딱 젖은 채 리투아니아로 넘어가는 국경 부근에서 1박을 한 후 리투아니아의 항구도시 클라이

페다Klaipeda를 향해 갑니다. 시간에 맞춰 페리를 타기 위해서입니다. 제가 넘으려는 스위스 쪽에 일주일 내로 첫눈이 온다는 예보가 있었는데, 페리를 타면 자면서도 이동할 수 있고 폴란드나 헝가리를 가로지르는 것보다 독일에 빨리 도착할 수 있기 때문이죠. 페리 덕분에 다음 날 스웨덴에 도착한 저는 비를 맞으며 남하해 그날 덴마크 코펜하겐Copenhagen에 한 무더기의 빨래와 함께 도착합니다.

원래 코펜하겐에는 머무를 생각이 전혀 없었습니다. 독일 국경 마을인 플렌스부르크Flensburg에서 1박을 할 예정이었죠. 하지만 비를 맞으며 건너는 말뫼Malmö에서 코펜하겐으로 들어가는 다리가 장관인 겁니다. 비를 맞아 말끔한 도시 전경이 발트해 해협을 가로지르는 다리 위에서 환히 보입니다. 동시에 불어오는 차가운 바닷바람 덕에 뼈가 시릴 정도로 춥습니다. 이제 2시, 숙소에 체크인을 할 수 있습니다. 저는 도로 옆 휴게소에 오토바이를 세우고 인

터넷으로 숙소를 예약합니다. 더 갔다가는 어쩐지 감기에 제대로 걸릴 것 같았거든요.

코펜하겐에 대한 인상은 깔끔하고 예쁜 도시라는 겁니다. 자전 거를 타고 다니는 사람이 많고, 거리가 깔끔하며, 퇴근 후 운동을 열심히들 합니다. 꽤나 건전하게 사는 사람들 같습니다.

코인 빨래방에서 젖은 옷들을 세탁하고 건조기로 말리고는 지난 4일간 비와 추위에 얼어붙은 몸을 녹여줄 음식을 찾아 마트에 들릅니다. 아니나 다를까 마트에는 유기농 건강식이 그득합니다. 아, 어쩐지 싫다는 생각을 하고 있을 때 라면이 눈에 들어옵니다. 포장지에 무려 닭이 그려져 있는 걸 보니 아마도 치킨 라면 같습니다. 숙소에 조리 시설이 있으니 라면을 끓여 먹으면 되겠다고 생각하며 간단한 먹거리와 라면을 사서 숙소로 돌아옵니다.

오토바이를 타고 나흘간 비를 맞았고, 러시아에서 마지막 날 먹었던 굴라시를 제외하고는 뜨거운 국물을 정말 오랜만에 먹는 것이었습니다. 그러니 제가 얼마나 큰 기대를 하고 있었는지 굳이 설명하지 않아도 아실 겁니다. 그런데 라면에 소금 간이 되어 있지 않았습니다. 전혀요.

'이게 뭐하는 짓이냐! 덴마크 놈들아!!! 그냥 닭 육수 맛의 라면 이라니.'

그래요, 소금 간이 되어 있지 않은 닭 물에 밀가루 풋내가 나는 면을 풀어놓은 맛입니다. '아아아. 그래, 니들 오래오래 살아라.'

저는 인터넷을 보면서 왜 제가 나흘간 비를 맞았으며, 왜 이렇게 추운가에 대해 고민합니다. 그래요, 출발 전 모스크바에서 확인한 유럽의 날씨는 대체로 따뜻하고 쾌청했거든요. '그런데 왜 나는 계속 비를 맞으며 달리고 있는가?', '왜 어제 인터넷에서 확인할 때만 해도 따뜻했던 덴마크의 날씨가 이토록 추운가?' 이런 생각이 들 법도 하지 않습니까?

네, 확인해 보니 어떤 상황인지 알 수 있을 것 같습니다. 제가 차가운 공기와 함께 남하하고 있었던 겁니다. 중학교 지구과학 시간에 배우는 것인데, 차가운 공기와 따뜻한 공기가 만나면 기단이라는 것이 형성되고, 비가 오죠. 그렇게 저는 이 한랭전선이란 놈이랑 같이 남하하고 있었고, 그 한랭전선이 유럽의 따뜻한 공기와 만나면서 비를 만들고 있었던 거죠.

설상가상 이 찬 공기는 독일에서 대서양의 습하고 따뜻한 공기를 만날 예정입니다. 그건 많은 비를 의미하죠.

'비가 그칠 때까지 기다릴까?'

그런데 일기예보에는 일주일 내내 비가 오는 것으로 되어 있습니다. 더구나 이 찬 공기가 알프스 산맥에 부딪히면서 알프스 고지대에는 무려 첫눈이 내릴 예정이라고 하네요. 그러니까 여행의 첫 번째 목적이었던 오토바이로 알프스 옛길을 넘기 위해서는 이 한랭전선을 앞질러 스위스에 도착해야 하는 겁니다.

그리하여 이야기는 급 '맨 vs 날씨'라는 이상한 형태로 독일을 가로지르는 경주를 치르는 방향으로 전개됩니다. 그 경주 내내 저는 비를 맞죠. 그렇습니다. 지금까지 맞은 비는 앞으로 맞을 비의 전주곡도 되지 않는 수준이었던 거죠.

한랭전선과의 한판 승부

장대비 속에서 아우토반을 달린다는 것

늦은 밤, 액션캠으로 찍은 영상을 확인합니다. 발트해를 건너 코펜하겐에 입성하는 순간부터 영상이 나오지 않습니다. 그런데 다리를 건너기 위해 톨게이트를 지나는 순간 영상이 꺼져 있습니다. 게다가 충전도 되지 않고 카메라가 자꾸 꺼집니다. 아무래도 침수로 인한 증상 같습니다. 수심 30미터에서도 방수가 된다던 카메라가 침수로 뻗은 겁니다. 방수였으나 뻗은 건 그것뿐만이 아닙니다. 방수 가죽으로 된 오토바이 신발에서는 가죽 썩는 냄새가 나기 시작합니다. 와! 하긴 우비가 없었다면 방수 소재로 된 투어링 재킷도 푹 젖었을 겁니다. 뭐, 대책이 있나요, 그냥 계속 나아가는 수밖에요.

그리하여 다음 날 함부르크Hamburg까지 또 비를 맞고 달립니다. 독일 국경을 넘자마자 심카드를 사기 위해 통신사 사무실을 찾아갑니다. 그런데 통신사 사무실 직원은 독일 주소를 알려달라고 하네요. 이런!

여행자용 프리페이 심카드를 사려고 하는데 꼭 독일 주소가 있어야 하냐고 물으니 규정이 그렇답니다. 호텔 주소는 안 된다네요. 제가 난감해하자 직원이 말합니다.

"이게 독일이죠. 독일에 오신 걸 환영합니다."

네, 아주 거창한 환영 인사입니다. 너무 거창해서 조금 울고 싶었죠. 다른 통신사 사무실 세 군데를 찾아간 끝에 한 터키계 이민자에게서 호텔 주소도 상관없다는 이야기와 함께 개통을 허락받습니다. 그리고 그 심카드는 약 48퍼센트의 확률로 인터넷이 터졌다 막혔다를 반복해 독일 여행 기간 내내 제 속을 썩입니다.

그사이 가방 안에 넣어뒀던 액션캠은 말랐는지 전원은 들어옵니다. 문제는 충전이 안 된다는 것입니다. 늦게 도착한 낯선 함부르크에서 전자기기 매장에 문 닫기 직전에 찾아가 배터리 충전기와 여분의 배터리를 삽니다. 이후 액션캠은 화면이 거꾸로 녹화되고 꺼졌다가 켜졌다 하는 등 이런저런 오동작을 하지만 어쨌든 작동합니다. 하지만 비만 오면 더 심하게 오작동해서 건조한 지역으로만 여행 일정을 잡는 데 크게 일조합니다. 상전 났죠.

다음 목적지는 예나Jena입니다. 일반인들은 대부분 모르겠지만 밀리터리 덕후들에게는 나폴레옹의 예나 전투로, 카메라 덕후들에게는 정교한 광학기구 제조업자 칼 자이스Carl Zeiss의 고향으로 유명한 독일의 작은 대학 도시죠. 이곳에는 저보다 1년 먼저 세계문학상을 수상한 정유정 선생님이 집필 준비를 하며 잠시 머물고 계셔서 잠시 들르기로 약속하고, 그 덕에 450킬로미터를 달립니다. 뭐, 서울에서 부산까지의 거리지만 아우토반으로 달리면 금방입니다.

독일의 따뜻한 공기를 만난 한랭전선은 이제 제대로 장대비를 쏟아붓습니다. 그래서 궁상맞게도 방수 액션캠을 비닐로 싸고 달립니다.

아우토반은 통행료도 속도 제한도 없는 무시무시한 곳입니다.

그래서 가장 바깥 차선은 트럭들이 평균 120킬로미터의 속도로 달리고, 중간 차선은 경차들이 150킬로미터로, 가장 안쪽은 뭐 맘껏 달립니다. 종종 트럭을 추월하기 위해 140킬로미터로 당기고 있는 제 곁을 페라리나 포르세가 총알같이 스쳐 지나갑니다. 비 오는 와중에요. 네, 독일 아우토반을 달리는 내내 비가 왔거든요.

저도 "울며 겨자 먹기"로 평균속도 130킬로미터 이상으로 달립니다. 그보다 천천히 달리면 무시무시한 컨테이너 트럭들이 빗길에서 횡풍橫風을 일으키며 저를 추월하는 끔찍한 일이 벌어지거든요. 그러니 최소한 130킬로미터 이상으로 달려야 덜 위험합니다. 사물에 윤곽이 생기게 할 정도로 거센 장대비를 맞으며 그 속도로 달리는 기분은, 일단 아픕니다. 무척이나요. 살갗에 직접 비를 맞으면 바늘로 찌르는 것 같습니다. 그리고 달리는 속도가 120킬로미터 이상이 되면 비가 하나의 벽처럼 느껴집니다. 얼음장처럼 차가운 묵 같은 걸 가르면서 달리는 느낌이죠. 어쩔 수 있나요. 최대한 몸을 낮추고 오토바이에 바짝 붙어 바람의 저항을 줄여보는 수밖에요.

그렇게 대략 2시간 넘게 달리자 비가 그칩니다. 네, 제가 한랭전선을 앞지른 겁니다. 그렇게 남은 2시간 여 동안은 비를 맞지 않고 뽀송한 상태로 달립니다. 먹구름이 쫓아오고 있지만 얼음장 같은 묵을 피하는 게 어딥니까.

늦은 오후, 숙소에 도착해 뜨거운 물로 샤워하는 동안 '아, 행복이 이런 거구나' 하고 생각합니다.

정유정 선생님과 선생님의 작품을 번역하신 교수님을 만나 저녁 식사를 했습니다. 오랜만에 만난 정유정 선생님은 맛있는 독일 음식을 사 주시겠다 하셨지만, 평소 숙소에서 직접 만들어 드셨기에 뭐가 맛있는지 모르셨고, 함께 오신 교수님 또한 미식과는 거리가 먼 분이셨던지라 일행은 메뉴를 찾아 잠시 방황합니다. 아름다운 예나의 아기자기하고 오래된 골목길을 헤매다 결국 두 분은 맥주와 환타를 섞은 클라라에 크뇌델을, 저는 독일 하면 빼놓을 수 없는 소시지에 맥주를 마셨습니다. 제가 전날 함부르크에서 슈니첼과 햄버거를 먹었다고 하니 교수님은 제가 독일에서 먹어야 할 것은 다 먹었다고 말씀하십니다. 그래도 학센을 못 먹은 건 아쉽네요.

숙소로 돌아와 날씨 앱을 켭니다. 그사이 한랭전선은 기를 쓰고 쫓아와 내일 아침이면 예나에 비를 뿌릴 예정입니다. 네, 비구름은 자지도 쉬지도 않고 차근차근 내려오고 있습니다. 내일은 600킬로미터를 달려야 합니다. 독일을 벗어날 생각이거든요. 이쯤 되면 다들 아시겠지만 당연히 비와 함께요.

프랑스, 이탈리아와 함께 서유럽 문화의 중심지이자 여러 역사적, 철학적, 예술적, 종교적 전통을 가지고 있는 이 나라가 제게 준 것이라곤 오작동하는 심카드와 비 그리고 아우토반에서의, 아마 살면서 다시는 내지 않을 시속 178킬로미터라는 기록—내고 싶어서 낸 게 아니라 컨테이너가 3차선에서 달리는 쓰레기차를 2차선에서 추월하는 동안 그들을 피해 1차선으로 들어온 제 오토바이 바로 뒤에서 포르셰가 범퍼가 오토바이 뒷바퀴에 닿을 정도로 쫓아오는 통에 어쩔 수 없이 달린 겁니다—뿐입니다.

다음 날 아침 일찍 일어나 출발합니다만, 한랭전선 역시 예정보다 일찍 출발해 비를 뿌렸고, 이번에도 3시간 여를 달린 끝에 비에서 빠져나와 어제처럼 덜덜 떨며 4시간을 더 달려 간신히, 드디어 스위스 국경 마을에 도착합니다. 비구름은 차근차근 쫓아오고 있고, 스위스는 토요일이라 모든 상점이 문을 닫았습니다. '니××복도 지지리도 없지.'

방심은 금물

다 된 밥에 첫눈 뿌리기

스위스에서의 첫 번째 숙소는 딱 봐도 부자 동네입니다. 알고 잡은 게 아니라 그냥 독일 국경에서 가장 가까운 곳으로 정했을 뿐입니다. 상점이 다 문을 닫았기 때문에 자판기가 있는 역까지 걸어갑니다. 물과 생존에 필요한 최소한의 음식을 사야 하니까요.

자판기에서 물을 사려다 가격을 보고 피를 토할 뻔했습니다. 500밀리리터 생수 한 병이 3.5스위스프랑, 우리 돈으로 5,000원 가까이 합니다. 잠깐 동안 호텔 냉장고를 연 건가 싶어 혼란스럽습니다. 젤리 하나에 1.5스위스프랑, 과자 하나에 1.5스위스프랑입니다. 아아, 자판기에 이렇게 많은 돈을 써보긴 처음입니다. '이만하면 성공한 인생이지. 물 사치도 부려보고.' 재벌이 된 기분입니다.

허기가 가시자 마을 풍경이 드디어 눈에 들어옵니다. 가장 눈을 사로잡는 건 조경입니다. 이 부자 마을에는 담장이 없습니다. 대신 6단 조경이 있죠. 일단 담장을 대신하는 큰 나무들이 있습니다. 그리고 그 앞쪽을 장식하는 길 쪽 작은 잡목들이 있죠. 집 방향으로는 큰 나무 너머로 꽃이 심어져 있습니다. 정원 가운데에 정원수가 있고, 그 주변으로 다시 꽃이 심어져 있으며 집 창문 앞으로 작은 잡목들이 잘 정돈되어 있습니다. 동네 전체가 그래요. 새로 지은 현대적인 주택부터 낡은 스위스 전통 주택까지, 집은 다양해도 정원은 하나같이 어제 정원사가 다녀간 것처럼 훌륭하게 손질

되어 있습니다.

이게 말이 되질 않아요. 그러니까 동네에는 저처럼 집 밖으로 나가기를 죽기보다 싫어하고, 숨 쉬는 것도 귀찮아하는 인간이 하나쯤 살기 마련입니다. 그런데 동네 전체가 이렇게 조경 되어 있다는 건 마을 전체가 돈을 거둬 누군가에게 맡기거나 마을에 강력한 커뮤니티가 있어서 이렇게 하지 않으면 어떤 견디기 힘든 제재를 가해야만 가능한 일입니다.

그런데 생각해 보니 부자 나라로 손꼽히는 스위스 중에서도 부자 동네인 곳이고, 이곳은 직접 민주주의 국가네요. 강력한 지방 자치제를 하는 직접 민주주의 국가의 위력을 본 듯한 기분입니다.

좋습니다. 너무 깔끔하고 깨끗하고 좋은데, 어쩐지 보고 있는 것만으로도 답답합니다. 심지어 토요일 오후, 비가 오는데도 거리에선 많은 사람들이 조깅을 하거나 개와 산책하고 있습니다. 그러다 숙소에 들어가기 직전 문득 집에 있는 빗물받이와 전등 받침 그리고 문 앞 장식을 보고는 저도 모르게 이런 말이 터져 나왔습니다.

"이런 변태 새끼들."

그 모든 것이 이래도 괜찮은가 싶을 정도로 과해요. 저도 모르게 생각합니다. '얘들은 욕구불만을 이런 식으로 해소하나?' 스위스가 시계 같은 정밀산업의 메카가 된 게 왠지 너무나 건전하고 바람직한 삶으로 인한 욕구불만을 그런 식으로 투영했기 때문이 아닐까 상상해봅니다.

숙소로 돌아와 보니 방수 신발은 죽은 소 냄새를 풍기고, 젖은 옷에선 물이 떨어지고 있습니다. 그러든가 말든가, 저는 그대로 기절해 다음 날 아침에 깨어나죠.

다음 날 이슬비를 맞으며 다시 출발합니다. 산 하나 넘을 때마다 빗줄기는 약해져 물안개만 가득할 뿐, 비는 그칩니다. 소똥 냄새가 심하게 나지만 풍광은 정말 감탄사밖에 나오지 않습니다. 물안개나 낮은 구름 사이로 보이는 알프스의 고봉들은 너무 아름다워 할 말을 잊게 합니다. 전날 스위스 자판기 물가로 인한 충격도, 배고팠던 저녁도 모두 잊어버리고 이곳에 오길 잘했다는 생각을 합니다. 지난 한 주 내내 비를 맞으며 달렸던 게 이 순간을 위해서였던 거구나 싶습니다.

심호흡을 해봅니다. 역시 소똥 냄새가 나네요. 길옆에 서 있는 소가 뭐하는 놈인가 하는 표정으로 절 바라봅니다. 계속 물안개와 언덕 그리고 구름이 이어지는 환상적인 길을 따라 달립니다. 꿈에서조차 비현실적으로 느껴질 아름다운 풍광이 끝나지 않을 것처럼 계속됩니다. 그렇게 달려 목적지인 고타드 고개 바로 밑에 있는 안데르마트Andermatt에 도착합니다.

날은 여전히 흐리지만 비는 그쳤습니다. 날씨 앱에는 내일 오후 비가 내리기 시작해 밤에 눈으로 바뀐다고 돼 있습니다. 저는 아침 일찍 일어나 고타드패스Gottardpass를 넘기로 합니다. 일찌기 유튜브 두카티 프로모션 영상에 등장했던, 이번 여행의 목적지이며 제게는 저주이자 업보의 장소죠. 다행히 일주일간 벌인 한랭전선과의 경주는 저의 승리로 끝난 거겠죠.

안데르마트는 관광지답게 일요일인데도 문을 연 음식점이 많습니다. 어제부터 제대로 된 식사를 못 한 저는 식당에서 식사를 하며 가벼운 축배를 듭니다. 창 너머로 푸른 잔디밭이 산 정상까지 뻗어 있는 게 보입니다. 중간중간 회백색 암벽이 보이는 아름다운 산입니다. 겨울이면 스키장이 된다는데, 장관이겠더군요.

뭐, 다 좋아 보입니다. 연패로 이어진 일주일간의 경주였지만, 마지막이 좋으면 다 좋은 거죠. 곧 1차 목표 달성이 눈앞으로 다가와 있습니다. 사소한 일로 거사를 그르칠 수는 없죠. 감기 기운이 느껴져 일찍 숙소로 돌아와 고타드패스 넘을 준비를 합니다. 역시나 젖은 신발과 옷이 기다리고 있지만, 기쁜 마음으로 라디에이터에 걸쳐놓습니다.

낡은 숙소에선 걸을 때마다 삐걱삐걱 소리가 들리지만, 그것도 기분 좋습니다. 침대 매트리스는 허리가 지옥에 닿을 기세로 꺼지지만, 그것도 제 피로를 이길 수는 없습니다. 그렇게 눈 감기 무섭게 잠듭니다.

눈을 뜹니다. 열은 없습니다. 다행히 감기는 아닌 것 같습니다. 아침 7시, 상쾌한 기분으로 자리에서 일어납니다. 그리고 맑은 알프스 공기를 느끼기 위해 창문을 엽니다. 어제까지 푸르렀던, 눈 쌓인 새하얀 산이 눈에 들어옵니다. 숨 쉴 때마다 뿌옇게 입김이 쏟아져 나옵니다. 그래요, 한랭전선은 속도를 더해 이곳에 6시간 먼저 도착해 제가 잠든 사이 첫눈을 뿌린 겁니다.

막혔든 망했든 여행은 계속됩니다

눈 내린 고타드패스에서

제가 졌습니다. 옛길은 막혔겠죠. 비를 맞으며 달려야 했던 지난 며칠의 기억이 떠오릅니다. 전 뭘 위해 그 뻘짓을 했을까요? 떠오르는 여러 단어가 있지만 주로 ㅆ, ㅈ 등으로 시작되는 것들입니다.

막혔든 망했든 여행은 계속됩니다. 어제 가지 않은 저 자신의 멍청함을 저주하면서, 일기예보를 믿은 저 자신의 나태함을 책망하면서 고개를 오릅니다. 눈 내린 알프스가 펼쳐집니다.

액션캠을 켜고 2분 정도 달리다 갈림길 오른쪽, 차단기가 설치된 곳을 지나자 돌 깔린 길이 나옵니다. 고타드 고개 옛길입니다. 빌헬름 텔이 신성로마제국에 맞서 싸웠다는 전설이 남아 있는 곳이죠. 뭐, 빌헬름 텔 자체가 실존 인물이 아니니 너무 다큐로 받아들이시면 곤란합니다. 어쨌거나 그만큼 험준한 곳이라는 얘기겠죠.

그래서, 목표는 달성한 거냐고요? 고타드 고개까지 올라가는 길은 열려 있었습니다. 그러나 길이 얼어붙어서 달리다 미끄러질 뻔하기도 하고, 아무리 가속해도 앞으로 나아가지 못하는 순간도

있었습니다. 네, 유감스럽게도 내려가는 쪽은 통제하고 있었습니다. 목표는 보기 좋게 달성하지 못했습니다. 그럼에도 행복했습니다. 제가 언제 다시 눈 내린 고타드 고개를 오토바이를 타고 올라가겠습니까? 목표를 이룬 건 아니지만, 예상치 못한 감동을 얻었으니까요.

고타드 고개 정상에서 귀가 떨어져나갈 것 같은 추위를 느끼며 이런 생각을 했습니다.

'아, 한랭전선에 패하길 잘했구나. 일주일간의 비, 썩어가는 신발… 다 이걸 위한 거였구나. 오길 잘했다.'

하지만 어제 오고 오늘 또 왔다면 훨씬 좋았겠죠.

여행은 이제 막 반도 지나지 않은 참입니다. 가야 할 길은 아직 많이 남았고, 집은 여전히 아주 먼 곳에 있습니다. 그리고 남은 여정도 젖고 썩어가는 신발과 함께해야 합니다. 목표를 이뤘다고, 혹은 실패했다고 그걸로 끝은 아닌 겁니다. 문제는 여전히 문제고, 가야 할 길은 아직 멉니다.

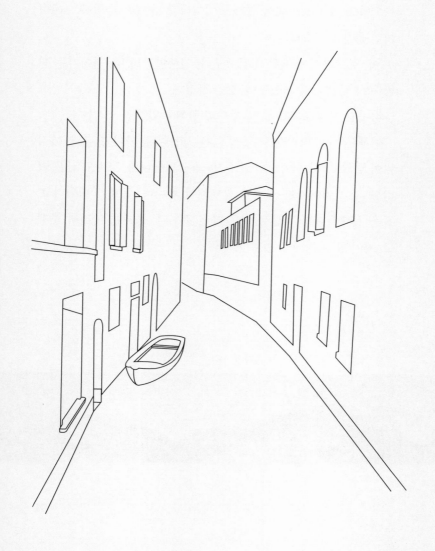

Part 3

결코
한가하지 않은
여행

▶▷ Como, Italy

▶▷ Verona, Italy

▶▷ Venice, Italy

▶▷ Ljubljana, Slovenia

▶▷ Zagreb, Croatia

▶▷ Slunj, Croatia

▶▷ Zadar, Croatia

▶▷ Split, Croatia

▶▷ Dubrovnik, Croatia

▶▷ Bari, Italy

▶▷ Pompeii, Italy

▶▷ Roma, Italy

▶▷ Firenze, Italy

▶▷ Savona, Italy

▶▷ Cannes, France

▶▷ Marseille, France

▶▷ Beziers, France

▶▷ Girona, Spain

▶▷ Barcelona, Spain

▶▷ Valencia, Spain

햇살이 최고

드디어 이탈리아

통제하는 길 대신 큰길로 내려옵니다. 산비탈을 깎아 반쯤 터널로 만든 큰길에서도 알프스 고봉들의 전경이 펼쳐집니다. '이번 여행에서 아마 이보다 멋진 길을 통과하는 일은 없겠지.' 이런 섣부른 생각이 듭니다.

겨울용 장갑에 겨울용 옷에 내복, 우비까지 입고 있지만 정말 춥습니다. 그래도 커브 하나를 돌아 내려올 때마다 온도가 올라가는 게 피부로 느껴집니다. 햇살이 비추고 있기 때문입니다. 모스크바에서 출발한 지 거의 열흘 만에 보는 햇살입니다.

사실 햇볕을 싫어합니다. 오죽하면 저희 어머니는 사춘기 시절 제게 늘 "네가 무슨 흡혈귀냐?"라며 싫은 소릴 하셨습니다. 해 떨

▷▶ **Como, Italy**

어지기 전에는 밖에 나가지 않으려 했기 때문이죠. 뭐, 굳이 변명하자면 햇볕을 많이 쬐면 붉은 발진이 돋습니다. 그래서 늘 선크림을 필수적으로 발라야 하는데, 또 그건 귀찮아서 잘 안 가지고 다니죠. 그렇지만 열흘 만에 쬐는 햇볕이다 보니 세상에, 그렇게 따뜻할 수가 없습니다.

스위스의 한 작은 마을 외진 곳으로 들어가 오토바이를 세우고 옷을 벗습니다. 내복과 세 겹으로 껴입은 옷을 모두 가방에 넣고 장갑도 여름 장갑으로 바꿔 낍니다. 눈을 감고 서 있는 것만으로도 행복합니다. 갖고 왔으나 그동안 쓸 일이 없었던 선스틱을 하얗게 일어날 정도로 얼굴에 칠한 뒤 다시 오토바이를 탑니다. 신발은 여전히 고약한 냄새를 풍기지만, 잘 씻어 햇살에 말리면 어떻게든 되겠죠.

이곳은 포도주 산지인지, 사방이 포도밭입니다. 그렇게 협곡 사이로 펼쳐진 포도밭을 따라 달리며 이탈리아로 향합니다. 그래도

알프스와 이어진 곳이라 중간중간 절경이 계속 보입니다.

이탈리아 국경을 넘기 무섭게 운전자들의 매너가 엉망이 됩니다. 깜빡이도 안 켜고 불쑥 들어오는 거나 차선을 무시하는 건 러시아 운전자들도 마찬가지이긴 한데, 다른 이유로 아마 이탈리아 운전자들이 유럽에서 가장 형편없는 운전자들 중 하나일 겁니다. 뭐, 그런 불한당 같은 친구들도 정지선은 칼같이 지키고 보행자를 우선시한다는 면에선 흉볼 입장은 아니지만요.

원래는 밀라노에 들를 생각이었으나 숙소가 너무 비싸서 이탈리아 국경 도시 코모Como로 가기로 합니다. 이탈리아 휴양지이지만 국경 도시인 탓에 스위스 느낌이 물씬 납니다. 하지만 경적 소리 요란한 도로부터 북적이는 거리까지, 딱 이탈리아입니다. 물가도 이탈리아네요. 동네 피자집에 들어가 피자를 시키니 세상에, 마르게리타 피자 한 판이 스위스에서 자판기에 썼던 비용보다 쌉니다.

행복한 마음으로 한 입 가득 피자를 먹으며 이탈리아의 일몰을 감상합니다. 이제 여행의 목표도 없고 할 일도 없습니다. 망한 건 망한 거고, 어쨌든 행복합니다. 그래요, 먹는 게 남는 거죠.

적립하신 업보 포인트를 돌려드립니다

라이더의 숙명 또는 업보

고속도로는 비와 함께 독일에서 제대로 맛보았기에 더 가고 싶은 마음이 없습니다. 그래서 이탈리아에선 국도로 달리기로 합니다.

오토바이를 타면 좋은 것 중 하나는 냄새를 맡을 수 있다는 겁니다. 나라별로 달리며 맡을 수 있는 냄새가 있습니다. 이를테면, 제게 스웨덴은 양 똥 냄새로 기억에 남았습니다. 스위스는 소똥 냄새, 스페인은 돼지 똥 냄새였죠. 그런데 이탈리아 국도는 다른 나라에 비해 냄새가 좋습니다. 달리는 내내 오렌지 밭이나 타임, 바질, 월계수 농장들이 길게 펼쳐집니다. 그럴 때마다 트랙터에 의해 견인되는 어마어마하게 큰 트레일러가 길을 막아서지만, 서두르지 않습니다. 향이 좋거든요. 바질을 가득 싣고 시속 40킬로미터로 달리는 트레일러를 뒤따라가다 보면 배가 고픕니다. 베네치아로 들어가는 국도에서는 거의 50킬로미터도 더 되는 거리를 오렌지를 가득 실은 트럭을 따라간 적도 있습니다.

물론 항상 이렇게 운이 좋은 건 아닙니다. 믿기지 않을 정도로 새카만 연기를 내뿜으며 고약한 냄새를 풍기는 차도 있고, 퇴비 냄새 나는 밭이 끝없이 이어지기도 합니다. 어찌 됐든 이 마저도 경주마처럼 달렸던 그 전까지의 여행에 비하면 호사죠.

유일하게 저를 괴롭히는 게 있다면 끊임없이 달려들어 헬멧에 부딪혀 죽어가는 벌레 무리입니다. 이탈리아 국도에는 거의 5킬로미터마다 교차로가 있고, 그 교차로에서는 어째서인지 어김없이 하루살이 떼가 짝짓기를 하고 있는데, 제 헬멧이 그 일생일대의 거사가 치러지는 현장을 시속 80킬로미터로 가로질러 가는 겁니다. 이것이야말로 진정한 커플 지옥 아닌가요!

저도 일부러 그러는 게 아닙니다. 벌레가 부딪히면 아프기도 하고, 끔찍한 냄새와 함께 얼룩도 남는걸요. 네, 저의 헬멧과 오토바이 재킷에는 죽은 벌레 자국이 온갖 색으로 얼룩덜룩 남아 업보로 꾸준히 적립되죠. 그리고 베로나Verona를 향해 가는 국도에서 그 업보는 포인트가 되어 돌아옵니다.

처음에는 손가락에 쥐가 난 줄 알았습니다. 따끔한 통증과 함께 욱신욱신한 무언가가 손 전체에 찌릿하게 퍼졌으니까요. 그런데 그 통증이 한 번 더 오는 겁니다. 오른손을 보니 말벌이 제 손가락에 막 두 번째 침을 놓은 후 빼고 있더군. 재빨리 손가락으로 튕겨낼 때까지 말벌은 제 오른손 검지에 도합 세 방의 독침을 쏩니다. 오토바이를 세울 수 없는 상황이었기에 손이 욱신거리는 상태로 계속 달립니다. 아니, 욱신거리는 정도가 아니라 무언가가 손가락에 박혀 신경을 잡아당기는 느낌입니다. 10여 분을 더 달려 간신히 오토바이 세울 곳을 찾은 후 장갑을 벗고 손을 확인합니다.

말벌님은 무슨 접골원 출신이신지 제 검지 두 번째 마디 양쪽과 세 번째 마디 정중앙에 독침을 쏘고 가셨습니다. 손가락이 부어오르기 시작합니다. 하지만 어쩌겠습니까. 객지에 숙소는 이미 예약해놓았고, 가장 가까운 병원은 50킬로미터 밖에 있습니다.

장갑을 다시 끼고 계속 달리려는데 장갑이 손에 들어가지 않네요. 입으로 물고 당겨 억지로 장갑 속에 손을 욱여넣고 달립니다. 오토바이 진동이 더해져 오른쪽 검지는 치과에서 신경치료를 받는 기분입니다. 더구나 오른손으로 앞 브레이크를 잡을 때마다 오른팔 전체가 마비되는 듯합니다. 그러나 화가 나기보다 '그래도 싸지'라는 생각이 듭니다. 업보죠, 업보. 모르긴 해도 오타바이 타고 달리며 죽인 벌레 수가 기천은 될 겁니다.

아, 그렇다고 제가 운명론자는 아닙니다. 개인적인 견해입니다만, 죽은 벌레들이 남기는 어떤 화학적인 흔적 때문에 말벌이 꼬였을 거고, 그렇게 따라온 말벌은 그 화학적인 흔적의 영향으로 저를 적으로 판단했을 겁니다. 그래서 제 손가락에 적립한 포인트를 세 방 남기고 가신 거겠죠.

덕분에 장갑을 벗을 수 있을지 걱정되는 손으로 로미오와 줄리엣의 도시 베로나에 도착합니다. 호텔에서 찬물이 뜨겁게, 따뜻한 물이 차갑게 느껴지는 기적을 경험하며 옷을 갈아입은 저는 병원에 가야 했지만, 리포소riposò라는 이탈리아의 낮잠 시간에 걸려 병원에 가지 못합니다. 덕분에 팅팅 부은 손을 움켜쥐고 외출복을 입은 채 숙소에서 그대로 기절합니다. 아픔도 피곤을 이기지 못합니다.

"착한 순례자여, 당신은 당신의 손을 너무 심하게 대하시네요."
 ─『로미오와 줄리엣』중 줄리엣의 대사

▷▶ Verona, Italy

젊은이를 위한 나라는 없는 걸까?

오래된 연인들의 도시에서

일어나니 벌써 저녁 8시가 다 되어 있습니다. 아아, 병원은 닫았을 시간이네요. 팅팅 부은 손으로 밥을 먹으러 나갑니다. 다행히 식당들은 대부분 밤 11시까지 영업합니다. 근처 피자가게에서 피자를 먹습니다. 이탈리아에 흔한 피체리아pizzeria 중 하나인 이곳은 가격이 우리나라 김밥천국처럼 저렴합니다.

밥을 먹고 코인 빨래방에 갑니다. 한 중년 여성이 세탁기를 돌리고 있습니다. 세탁기에 돈을 넣고 그 옆에 앉아 휴대폰으로 한국 뉴스를 검색합니다. 그때 한 노인이 들어와 한참이나 저를 쳐다보다가 갑니다. 그러자 옆자리에 앉아 있던 중년 여성이 제게 무슨 말인가를 하기 시작합니다. 한마디도 알아들을 수 없지만 아마도 노인이 정신이 온전치 못하다는 이야기인 것 같습니다. 제가 알아들을 수 있는 단어는 '페르소나persona' 하나뿐이었습니다.

저는 그 여성에게 제가 이탈리아어를 모른다는 이야기를 영어로 합니다. 하지만 그녀는 영어를 모르는 모양입니다. 그녀는 어째서인지 그 후 30분 동안 제게 온갖 이야기를 늘어놓습니다. 아마도 목요일 밤 코인 빨래방에서 빨래나 돌려야 하는 자신의 신세를 한탄하는 것 같습니다. 저는 그녀의 말을 한 귀로 듣고 한 귀로 흘립니다. 이게 무슨 상황인지 참 당황스럽습니다. 손도 아프고, 귀까지 아픈데 멘탈까지 털린 채 빨래방에서 나옵니다.

▷▷ **Verona, Italy**

빨래를 안고 숙소로 돌아오며 낮잠을 많이 잤으니 밤에는 잠을 못 잘 것 같다고 걱정했지만, 방에 돌아와 침대에 잠깐 누웠다 눈을 뜨니 해가 떠 있습니다. '아, 이게 뭐지?' 아무래도 알프스까지 질주하느라 피로가 엄청나게 쌓여 있었던 모양입니다.

어제에 비해 손의 붓기가 많이 가라앉았지만, 여전히 아픕니다. 하지만 낫는 속도를 보니 굳이 병원에 갈 필요는 없을 것 같네요.

연인들의 도시 베로나를 구경하기 위해 밖으로 나옵니다. 커플 지옥을 상상했는데 생각보다 연인들은 많이 보이지 않네요.

중세 시대의 성을 둘러보고 성곽과 이어진 다리를 지나 시내로 들어갑니다. 중세와 로마 시대의 유적이 남아 있는 베로나는 이탈리아 대부분 도시가 그렇듯 아름답고, 동시에 지저분합니다. 로마 시대 수로의 흔적이 남아 있는 중세풍 거리와 콜로세움, 그리고 단테가 사랑한 도시였던 만큼 단테의 동상이 있습니다.

로미오와 줄리엣이 살았다는 저택은 누가 봐도 장삿속으로 만들어놓은 가짜로, 우리나라로 치면 심청이의 생가쯤 된다고 볼 수 있을 것 같습니다. 물론 두 집의 위치가 주요 상가와 광장으로 이어진 골목과 맞닿아 있다는 게 매우 공교롭지만 뭐…. 현대에 낭만이 살아남는 방식은 상업성과 결합하는 것인지도 모르겠습니다.

이렇게 대충 구경하고 베로나 강변을 따라 숙소로 돌아옵니다. 강변에 있는 공원에서 찢어진 옷을 입은 노숙자처럼 보이는 청년을 발견합니다. 공원 난간에 쭈그리고 앉아 쌀과 야채가 섞인 음식을 먹고 있었는데, 꽤나 잘생긴 그 청년을 보고 있자니 이탈리아에서는 거지도 미남이라고 했던 누군가의 말이 떠올랐습니다.

정말 그렇더군요.

공원 안쪽으로 들어서자 난간과 벤치를 따라 20대 청년들이 타파 통에 담긴 음식을 먹고 있습니다. '이게 뭐지? 단체 관광이라도 온 건가?' 싶었는데, 알고 보니 공원 건너편에 있는 대학에 다니는 학생들이었습니다. 유감스럽게도 그들이 다니는 대학 건물은 볼품없고 작습니다. 다들 공원에 쪼그리고 앉아 타파 통에 싸온 점심을 먹고 있는 걸 보니 학교 내에 식당도 없는 듯합니다. 물론 그나라 사람들이 즐기는 점심식사 후의 낮잠은 꿈도 꾸지 못하고, 10여 분 만에 식사를 마치고 학교로 돌아가 공부를 하는 거죠.

다음 도시인 베네치아에서도 똑같은 광경을 보게 되는데, 나중에 베네치아대학에서 학생들을 가르친 적 있는 강병용 작가님에게서 이게 특별하지 않은 그저 흔한 이곳 대학의 풍경이라는 이야기를 듣습니다. 학비가 없는 학생들은 물론 시설 좋은 다른 유럽의 대학 학생들의 삶도 '헬조선'이라 불리는 우리나라 청년들의 삶만큼이나 녹록치 않다는 이야기도 듣습니다. 젊은이들은 집이 없고, 임대료는 비싸고, 파트타임으로 일해 집값을 제하고 나면 밥 사 먹을 돈도 없어서 타파 통에 대충 싸온 음식으로 점심을 때워야 한다고 하네요. 그나마 독일, 프랑스 등 일부 국가처럼 등록금이 없다면 빚 없이 살 수 있지만, 이탈리아 같은 곳은 대학 졸업하면 마이너스 인생이라고 합니다. 더 암울한 것은 이곳 취업률은 10년 넘게 최악이라 우리나라 상황보다 더 엉망이라고 합니다.

어디나 젊은이들에게는 가혹한 세상이라는 생각을 뜻밖에 이탈리아의 아름다운 소도시 베로나에서 합니다. 말벌에 쏘여 아픈

손을 하고서 말이죠. 어디 젊은이뿐이겠습니까! 노인이나 차상위 계층에게도 자본과 부동산이 없다면 세상은 점점 가혹해집니다. 근로소득만으로는 자본이 벌어들이는 소득과 그로 인한 인플레이션을 따라잡을 수 없는 시대니까요.

어찌 보면 전 세계적으로 출산율이 낮아지고 있는 것도 이해할 수 있습니다. 인간 노동력의 가치는 느리지만 분명하게 감소하고 있습니다. 이런 시대에 아이를 낳는다는 건 정말이지 큰 용기가 필요한 일 아닌가요! 로미오와 줄리엣의 도시에서 이런 생각을 하고 있습니다.

과거, 미래, 혹은 현재의 도시

물의 도시 베네치아에서

베네치아, 그러니까 베니스는 이상한 도시입니다. 물론 바다 위에 지어진 도시이고, 나폴레옹이 '유럽의 응접실'이라 극찬한 아름다운 도시입니다. 해 질 녘 리알토 다리에서 바라보는 일몰은 유럽에서 볼 수 있는 가장 아름다운 광경 중 하나일 겁니다. 그래서 그런지 관광객이 정말 많습니다. 언제 어느 시간에 가든 주요 관광지와 리알토 다리와 이어지는 거리에서는 발 디딜 틈 없이 많은 인파를 마주할 수 있습니다. 그건 이 바다 위의 도시가 좁고 꼬불꼬불한 수로와 골목으로 이어져 있기 때문이기도 합니다. 아마 매 골목마다 다닥다닥 붙어 있는 이정표가 없다면 대부분의 사람이 길을 잃을 만큼 길이 곧게 나 있는 경우가 거의 없습니다. 건물들은 누군가 적당히 손으로 눌러 으깨 놓은 것처럼 모여 있고, 그 틈으로 마치 거미줄 같은 골목들이 펼쳐집니다. 바로 보이는 코앞의 장소가 수로로 막힌 탓에 미로 같은 골목을 돌아가야 할 때도 있습니다. 그렇지만 너무 걱정할 필요는 없습니다. 정말 이정표가 잘되어 있어서 가고자 하는 장소의 이름만 알면 길을 잃기 쉽지 않거든요. 더구나 물 위에 지어진 이 도시는 생각만큼 크진 않습니다. 그저 거대한 미로 같을 뿐이죠.

제가 베네치아에 도착한 것은 늦은 오후였습니다. 메스트레Mestre에 도착해 중국인이 운영하는 작은 호텔에 짐을 풀고 트롤리

를 타고 베네치아로 들어갔습니다. 해 질 녘의 베네치아를 보고 싶었거든요.

전에 상트페테르부르크가 이 베네치아를 모델 삼아 도시를 만들었다고 이야기했었지요. 물론 상트페테르부르크는 러시아답게 시원시원한 골목과 규모가 큰 건물이 많긴 하지만 확실히 질이 떨어졌습니다. 하지만 미로 같은 골목을 거쳐 산마르코 광장에 도착해 보면 그 규모라는 것도 이곳의 건물들 앞에선 초라해집니다. 지금까지 오밀조밀했던 공간들이 무색할 정도로 과감한 스케일을 자랑하는 산마르코대성당과 두칼레 궁전, 그리고 그 앞에 펼쳐진 넓은 광장과 산마르코 종탑을 보면 '아!' 하는 감탄사밖에 나

오질 않습니다. 아마 이곳에 오기까지 거쳐야 했던 좁은 골목들과 대비되어 건물들과 광장은 더 크고 넓어 보이는 거겠죠.

광장의 중앙에는 플로리안Florian이라는 이탈리아에서 가장 오래된 카페가 있는데, 이곳에서는 과거 사람들이 마셨다는 방식으로 커피를 마실 수도 있습니다.

하지만 이 도시의 진짜 주인공은 이런 기념비적인 건물들이 아니라 바로 오밀조밀한 공간 자체죠. 건물들은 너무 조밀하게 붙어 있어서 프라이버시라는 게 없습니다. 나무 문을 덧댄 작고 아름다운 창들에는 예외 없이 흰 커튼이 드리워져 있습니다. 그나마 없다면 환기하기도 쉽지 않을 정도로 건물들이 서로 코앞에 있으니까요.

관광객들이 다니는 골목에서 벗어나 이정표가 가리키지 않는 방향으로 걸어가면 이 도시의 진짜 모습이 보입니다. 다름 아닌 난개발 된 초고밀집 도시입니다. 길은 지어진 순서대로 배열된 건물들 틈을 따라 생성되었고, 자투리 공간에조차 생활을 위해 필요한 무언가가 들어서 있습니다. 바다 위에 만들어진 과거의 도시지만, 어쩌면 우주에 도시가 만들어진다면 이런 모습이 아닐까 싶습니다. 비로소 소설가 이탈로 칼비노Italo Calvino가 어째서 『보이지 않는 도시들Le città invisibili』을 쓸 수 있었는지 이해됩니다. 이탈리아 도시들은 서로 너무나 다른 탓에 로마 이후 거의 1,500년 이상을 각자 다른 도시국가 형태로 발전해왔던 겁니다.

관광객이 끊긴 골목 안쪽의 미로 속으로 들어갈수록 이 도시는 새로운 면모를 드러냅니다. 그라피티와 깨진 창문, 인적 없는 거리, 바로 슬럼가입니다. 그렇습니다. 베네치아의 땅값은 너무 비싼 나머지 이곳에서 일하는 사람들조차 베네치아에서 살 수 없습니다. 가난한 관광객인 저처럼 메스트레에서 트롤리를 타고 출근하는 거죠. 그 결과 이 초고밀집 도시의 주요 골목이나 관광지에서 벗어나면 어디서나 슬럼가를 마주할 수 있습니다.

그나마 주요 골목은 관광객을 대상으로 하는 숙박 시설이 자리하고 있습니다. 관광객들에게 밀리고 부동산 가격 폭등으로 쫓겨난 현지 주민들. 이후 저는 이 이상한 도시 공동화 현상을 유럽의 주요 관광지에서 흔하게 목격할 수 있었습니다. 프랑스의 한 에어비엔비 숙소에서는 이 현상이 너무 궁금한 나머지 유럽 주요 도시의 부동산 가격 변동에 관해 검색해 봤을 정도인데, 최근 몇 년간 우리나라보다 거의 두 배 가까이 폭등했더군요. 그래요, 달러화와 유로화의 양적 완화가 만들어낸 자본이 부동산으로 쏟아져 들어갔고, 그로 인해 다시 부동산 가격이 상승했으며, 장기 임대로 월세살이 하는 주민들을 도시 외곽으로 내몰고 관광객을 대상으로 하는 단기 수익 부동산으로 탈바꿈한 겁니다.

이건 현대의 유럽 도시 어디를 가나 마찬가지입니다. 지나친 부동산 가격 상승으로 관광객에게 도심을 빼앗기는 겁니다. 그리고 극단적인 경우 베네치아처럼 주요 거리를 빼곤 슬럼화되는 거죠.

수상버스를 타고 도시를 빠져나오며 신기하다는 생각을 합니다. 한 도시에서 과거와 미래, 현재를 동시에 볼 수 있으니 말이죠. 부동산에 목매다는 우리나라를 보면 남 일 같지 않습니다. 젊은이들이 근로소득으로 부동산 가격 상승폭을 감당하지 못하게 됐을 때 과연 임대 부동산들은 어떤 결말을 맞이하게 될까요?

참, 말벌에 쏘인 곳은 이곳을 관광하는 이틀간 다 나았습니다. 이제 이탈리아를 벗어나 다른 나라로 가볼 생각입니다.

사랑스러운 도시 류블랴나

발칸반도로 들어가며

슬로베니아로 향합니다. 류블랴나대학에서 한국어를 가르치고 있는 강병융 작가님을 그곳에서 만나기로 약속했거든요.

오스트리아와 이탈리아 그리고 슬로베니아가 만나는 곳에 있는 몬타시오산과 트리글라브Triglav 국립공원 사잇길로 갑니다. 솔직히 달린 길들 중 가장 아름답다고 할 순 없지만, 그래도 다섯 손가락 안에는 들 정도로 아름다운 길이었습니다. 하지만 가장 기분 좋게 달린 길이었다는 것만은 분명합니다. 동유럽 국가 특유의 황량함이 단풍 들어 아름다운 가을 경치와 잘 어우러졌을 뿐 아니라, 달리는 내내 마주친 차가 거의 없었거든요. 가을 산 전체를 전세 내고 달리는 기분이었습니다.

출발할 때 그렇게 맑은 날씨는 아니었지만 완만한 경사 길을 따라 굽이굽이 돌며 낮은 구름을 타고 넘어 정상에 오르자 기분 좋은 시월의 햇살이 기다리고 있었습니다. 해발 2,000미터 높이에서 바라본 고봉들은 알프스와는 또 다른 운치를 선사하더군요. 우리나라에서 좀처럼 볼 수 없는 석회암으로 이뤄진 백색의 산이기에 신선했습니다. 그래요, 완만한 경사라고 느꼈던 건 며칠 전에 알프스 본봉들을 타고 넘었기 때문이지, 이곳의 산도 높이가 3,000미터에 달합니다.

오전 내내 먹구름이 발아래 있고, 수목한계선의 끝자락이라 시야가 탁 트여서 시원하더군요. 특히 인상 깊었던 건 버려진 국경 검문소였습니다. EU로 통합되어 국경이 사라진 상황인데 새삼스럽게 국경 검문소가 뭐 대단하냐고요? 슬로베니아는 제2차 세계대전 이후 요시프 브로즈 티토Josip Broz Tito에 의해 '유럽의 화약고'인 발칸반도에 출범한 구 유고슬라비아 연방 공화국에 속했던 나

라입니다. 발칸반도는 동유럽, 중부 유럽, 서아시아가 만나는 지점에 위치하며, 종교적으로는 러시아정교회, 가톨릭, 그리스정교 그리고 이슬람까지 뒤섞여 있습니다. 따라서 역사적으로도 각 세력과 복잡하게 얽혀 있으며, 제1차 세계대전의 도화선이 되기도 했고, 최근까지도 분쟁이 끊이지 않는 곳입니다. 그래도 과거 티토 정권 시절에는 제3세계를 대표하는 국가 중 하나로 인도와 함께 냉전의 양강 구도에서 떨어져 나와 나름 자기 노선을 걸었습니다. 그런데 결국 탈공산화 이후 연방은 슬로베니아의 독립선언을 시작으로 차례로 분열되어 끝내 구 유고 연방은 발칸 전쟁을 치르게 되죠.

그리고 그 유명한 인종 청소 사건이 일어납니다. 물론 슬로베니아는 운 좋게 이 전쟁에 휘말리진 않습니다. 전쟁을 일으킨 세르비아와는 국경을 직접 접하고 있지 않을 뿐 아니라 사라예보계 주민이 거의 없어서 전쟁을 일으킬 명분도 없었거든요. 그런데 아이러니하게도 이런 이유로 다른 EU 국가에서 슬로베니아로 들어갈 때는 국경에서 검문을 받지 않지만, 구 유고 연방 국가로 갈 때는 검문을 거쳐야 합니다. 독립 후 남보다 못한 사이가 된 거죠.

국립공원을 벗어나자 목초지가 이어지고 금방 류블랴나Ljubljana에 도착합니다.

류블랴나는 의외로 세련되고 깔끔하며 멋진 도시였습니다. '사랑스러운'이라는 뜻을 가진 이 도시는 북유럽 국가들이 생각날 정도로 정돈돼 있고, 그 이름처럼 사랑스럽습니다. 친환경을 표방해 도심 내에 차량 진입을 제한하고, 대중교통으로는 작은 전기차를

운행하며, 구도심에 있는 가게들은 세련미가 풍기는 것이 여러모로 도시 디자인에 신경 쓰는 곳이라는 인상입니다. 유럽의 구시가를 최대한 트렌디하게 재생해놓은 느낌이랄까요. 심지어 재활용 쓰레기통마저 예쁘고 깔끔한 것이 남동부 유럽 안에 있는 북유럽 같습니다.

다른 유럽 국가에서 느꼈던 치안의 불안함도 느껴지지 않고, 소박하지만 편리하게 만들어진 도시라는 인상입니다. 더구나 아이들이 많이 보이는 걸 보니 성장 중인 도시라는 걸 알 수 있었습니다. 여행객을 끌어당기는 한 방은 없지만 살고, 아이 키우고, 일상을 보내기에 참 좋은 곳인 듯합니다.

류블랴나대학에서 강병융 작가님을 만나 거의 한 달 반 만에 한식을 얻어먹고, 여러 유럽의 소식과 러시아가 얼마나 황량한가 같은 이야기를 하며 모처럼 즐거운 시간을 가졌습니다. 여행 내내 사람을 거의 만나지 않았지만, 여행하지 않을 때에도 사람들을 만나지 않았던지라 외롭고 말고 할 것도 없을 줄 알았는데, 모처럼 사람을 만나니 좋군요.

전날 학회차 우크라이나에 갔던 강병융 작가님은 마침 국적 항공사가 파산한 데다 직행 버스가 없어서 버스로 여러 도시를 거치고 거쳐 16시간 만에 류블랴나로 돌아왔다고 하네요. 그런데도 늦게까지 저와 이야기를 나눠주셨습니다.

사람은 쉽게 바뀌지 않죠, 암요!

아기자기한 소도시 자그레브에서

크로아티아로는 국도를 따라 갑니다. 초지와 가축들 그리고 휴경지가 이어지며 유럽 특유의 목가적인 느낌을 자아냅니다. 토양은 적갈색이고, 소들은 튼실하며, 예의 소똥 냄새가 나죠.

그리고 저는 크로아티아 입국을 거절당합니다. 별 대단한 일이 있었던 건 아닙니다. 국도로 이어진 국경 검문소에서는 외국인이 입국 심사를 받을 수 없으니 5킬로미터쯤 떨어진 마을을 지나 고속도로를 타고 가서 입국 심사를 받으랍니다. 그 사람은 영어를 할 줄 모르고 저는 이 나라 말을 모르지만, 대충 알아듣기로는 그런 내용입니다. 처음 해외여행을 다녀오고 깨달은 게 있다면 제가 나름 언어 눈치가 있다는 겁니다. 뭔 소리를 하는지는 몰라도 적당히 때려 맞추는 능력 말이죠. 이건 아무래도 어릴 때 AFKN을 많이 본 탓 같습니다.

하여간 그런 이유로 고속도로에 있는 주유소에 들러서 그곳 직원에게 내가 알아들은 내용이 맞는지 확인하니 제 짐작이 맞답니다. 그래서 고속도로를 타고 크로아티아에 입국합니다.

말했다시피 구 유고 연방 사람들은 서로 사이가 좋지 않습니다. 연방이 쪼개지면서 남보다 못한 사이가 됐고, 그래서 서로 국경에서 여권 검사를 합니다. 같은 EU 소속이면서도 말이죠. 어쨌든 제 여권에는 자동차 문양의 도장이 찍힙니다.

▷▶ Zagreb, Croatia

처음 본 크로아티아 사람들은 슬로베니아 사람들보다 어둡고 무뚝뚝한 인상입니다. 그래서 더 편합니다. 지극히 개인적인 성향이겠으나 저는 너무 밝고 붙임성 있는 사람에게는 어쩐지 에너지를 빼앗기는 듯하거든요. 사람만 그런 것이 아닙니다. 크로아티아의 수도 자그레브Zagreb는 슬로베니아의 류블랴나보다 크지만 어쩐지 어둡고 무뚝뚝한 듯합니다. 물론 도시는 아름답지만 말이죠.

도시는 크게 두 가지 인상을 풍깁니다. 구도심에서는 중세 유럽풍의 느낌이, 신도심에서는 구 공산권 느낌이 납니다. 류블랴나처럼 세련된 느낌은 없고, 슬라브 문화와 가톨릭 문화가 잘 섞였으면서도 한편으로는 뚜렷한 경계가 느껴집니다. 눈에 띄는 건 동상마다 붉은 목도리가 둘러져 있다는 겁니다. 그 동상들의 주인공은 아마도 오스트리아-헝가리 왕국 시절 크로아티아의 독립을 위해 싸웠던 인물들이 아닐까 혼자 추정해 봅니다. 도시의 다소 어두운 분위기와 대비되어 인상에 남습니다.

어찌 보면 유럽의 흔한 소도시 같지만, 나름 아기자기한 맛이 있습니다. 물론 나중에 가게 되는 크로아티아의 다른 도시들에 비하면 예쁜 축에도 못 끼지만, 피곤할 정도로 화려한 이탈리아에서 넘어오는 길이라 그런지 이런 수수함도 나쁘지 않습니다.

공원에서는 한 한국인 여행자가 기타를 치며 버스킹을 하고 있습니다. 뭐랄까, 한없이 한가로운 느낌이 드는 오후입니다. 한국의 여행 예능 프로그램에 소개된 여파인지 한국인 여행객이 꽤나 많고, 심지어 여행 중 처음으로 한국 슈퍼를 발견합니다. 기념으로 즉석 밥 하나를 사서 숙소로 돌아가는 길에 시장 앞에 멈춰 섭니다. 광장에 반짝 열린 시장에서는 라벤더로 만든 제품들과 치즈와 몇 가지 수공예품, 꿀을 팔고 있습니다. 어제 강병융 작가님과 한참 동유럽, 특히 슬라브계 사람들은 왜 그토록 꿀에 집착하며 '꿀부심'을 갖는가에 대해 이야기를 나눴던 터라 웃음이 나왔습니다. 그래요, 블라디보스토크에서부터 줄곧 꿀 파는 사람들을 많이 봐 왔고, 꿀의 종류도 수십 가지에 이르렀는데, 모두 자신들이 파는 꿀은 천연이고 건강에 좋다고 강조하더군요. 물론 다들 자기 나라 꿀이 최고라고도 합니다.

저는 꿀 대신 말린 라벤더 꽃잎을 사서 가방에 넣습니다. 가방에서 나는 퀴퀴한 냄새가 잡힐까 해서요.

쫓기듯 달리고 의무적으로 여행지를 둘러보는 여행을 너무 길게 하고 있다는 생각을 합니다. 그래요, 확실히 지쳤습니다. 독일에서 비 맞으며 달릴 때에 비하면 템포를 많이 늦추고 있지만, 그래도 확실히 지쳐 있습니다. 지쳐서 출발했던 여행이라는 걸 돌이켜 볼 때 지금 뭘 하고 있는 건가 하는 생각이 드는 건 아무래도… 그래요, 사람은 쉽게 변하지 않습니다. 쉽게 지치고 쉽게 무기력해지는 저라는 인간이 그래도 여기까지 온 건 참 잘한 일이라 생각하면서도 어디선가 자리를 잡고 며칠 쉴 필요가 있다고 생각합니다. 그러면서 그날 밤늦게 다시 무리한 일정을 짭니다. 네, 생각은 늘 생각에서 그치죠. 내일 벌어질 일도 모르면서 멍청하게 말이죠.

미끄러지다

멈추지 않고 달린 대가

즐기기 위해 출발한 여행이었는데 일상이 되자 꾸역꾸역 하고 있습니다. 오토바이를 타고 숙소까지 와서 씻고 옷을 갈아입고 재빨리 근처를 구경한 후 낯선 음식을 먹고, 빨래방에서 옷을 빨고, 다시 잠들기 전 내일 갈 곳을 정하는, 어찌 보면 한국에 있을 때보다 부지런한 생활의 연속입니다. 이 말은, 무리하던 삶에서 벗어나 쉬기 위해 출발한 여행인데 내내 무리하고 있다는 이야기이기도 합니다. 처음 새로운 것을 보며 느낀 경이롭던 감정들도 일상이 되고, 낯설고 새로웠던 기분도 어떤 하나의 패턴이 됩니다. 사람 참 간사하죠. 그리고 여러 욕심까지 부립니다.

플라트비체Plitvička 국립공원에 가는 계획을 잡을 땐 무리라고 생각하지 않았습니다. 물론 100킬로미터를 달려 오토바이를 놓고 국립공원을 걸어서 구경한 후 다음 숙소까지 다시 200킬로미터를 더 달려간다는 것 자체가 무리가 아닐 리 없었지만, 종일 비 맞으며 달렸던 독일에 비하면 갈 만할 것 같았거든요. 다만 국립공원 탐방이 생각보다 오래 걸릴 것 같아 아침 6시에 출발합니다.

그래요, 대도시를 빠져나오며 보는 일출도, 아침 햇살에 물든 도심 외곽 순환도로를 달리는 것도 좋았습니다. 사실 이렇게 일찍 출발한 날은 며칠 없었거든요. 날씨 탓도 있습니다. 가을에서 겨울로 넘어가는 유럽은 북반구답게 아침에 너무 춥고, 비가 오는 등 날씨가 대체로 좋지 않았습니다. 그런데 날씨도 화창하고 일출도 보고, 솔직히 조금쯤 방심했습니다. 이런 날에는 어떤 문제도 생길 것 같지 않았으니까요.

처음 이상한 조짐이 보이기 시작한 건 좁아지는 길에서였습니다. 왕복 4차선이었던 도로가 왕복 2차선으로 줄어들었고, 다시 국제표준보다 현격하게 좁은 1.5차선 같은 2차선이 됐다가 차선이 없는 도로로 바뀌었습니다. 여행 내내 구글 지도를 봤습니다. 이놈이 내 위치 정보를 빼다가 광고회사에 팔아먹고 있다는 의심, 아니 확신이 들었지만 전 세계적인 도로 데이터를 가지고 있는 몇 안 되는 솔루션이었으니까요. 구글 지도는 여러 문제가 있었는데, 특히 골치 아픈 건 가끔 순간적으로 GPS를 놓친다든가, 교차로 안내가 부실하다든가, 종종 틀린다는 겁니다. 그리고 그렇게 잘못 길을 들면 일반적인 내비게이션처럼 돌아갈 길을 안내하는 게 아니라 새로운 길을 알려주는데, 그 길이 애초에 가고자 했던 길이 아닐 수도 있다는 겁니다. 제게 벌어졌던 일이 딱 그랬습니다.

이번에도 구글 지도를 따라가고 있었는데 어느새 자갈이 깔린 도로를 지나 산속으로 들어가고 있었습니다. 저는 그때 내비게이션을 끄고 오토바이를 뒤로 돌려 산에서 빠져나왔어야 했습니다. 하지만 안일하게도 구글 지도를 믿기로 했습니다. 그 대가는 진흙탕 길에서의 4시간 동안의 사투였습니다. 되돌아 나오지 그랬냐고요? 그 돌아나갈 길을 찾을 수 없었습니다. 왔던 길은 잡목이 삼켜버렸고, 한 사람 다닐 만한 임도는 온통 진흙투성이였습니다.

다행인 것은 제 오토바이가 오프로드를 달리기에도 괜찮은 모델이라는 것이었고, 문제라면 오프로드에서는 오토바이의 무게가 가장 중요한데, 뒤쪽에 짐이 한가득 실려 있었다는 겁니다. 그래서 진창에 빠질 때마다 짐을 풀어서 어깨에 들쳐 메고 진창 밖까지 걸어서 옮긴 후 다시 돌아가 오토바이를 빼내 짐을 다시 싣고 다음 진창까지 달려야 했습니다. 정말이지 하늘이 노래질 때까지 그 짓을 반복하고 또 반복했습니다.

한계의 한계까지 와서 포기하고 싶은 마음이 굴뚝같았지만, 누가 이 진창에서 절 빼내줄 것도 아니고, 낯선 나라에서 도움을 청할 곳도 하나 없었습니다. 결정적으로 전화도 안 터졌고요.

신발과 오토바이가 온통 흙투성이가 된 채 산길에서 겨우 빠져나왔을 땐 양손이 덜덜 떨리고 다리는 근육통으로 서 있기조차 힘들었습니다. 진짜 웃긴 건 이제 정오였고, 저는 아직 플라트비체 국립공원에 가겠다는 생각을 버리지 않고 있었다는 거죠. 지금 생각해 보면 제정신이 아니었던 것 같습니다.

그렇게 이상한 길에서 빠져나와 다시 달리기 시작합니다. 그리고 여행 중 처음이자 마지막으로 커브 길에서 미끄러집니다. 저는 그대로 도로 밖으로 튕겨 나가 버렸습니다.

'아 ×됐다.'

순간 세상이 슬로모션으로 보입니다. 어디선가 지푸라기 태우는 냄새가 나고, 길가에 서 있던 소가 절 바라보고 있습니다.

'그래도 시골길이라 죽진 않겠네. 얼마나 다치려나?'

이런 생각을 하는 순간 오토바이에 제 오른쪽 다리가 깔립니다. 그리고 오토바이가 바닥을 쓸면서 도로 밖으로 튕겨 나가며 역방향으로 돕니다. 브레이크 페달과 오토바이 받침 사이에 낀 제 다리는 쇠뭉치와 누가 더 단단한지 한판 대결을 펼칩니다. 그러나 대결의 결과에 신경 쓸 겨를이 없습니다. 너무 아파서 정신을 차릴 수 없었거든요. 바닥을 구르고 정신을 차렸을 때 저는 오토바이와 함께 도로 밖 덤불 속에 처박혀 있었고, 오토바이가 여전히 제 한쪽 다리를 누르고 있었습니다. 너무 아파서 목소리도 나오지 않더군요.

그렇게 정신을 못 차리고 있을 때 트럭 한 대가 다가와 제 옆에 섭니다. 그리고 차에서 할아버지 한 분이 달려 나와 괜찮냐고 물어봅니다. 괜찮을 리가 없죠. 저는 오토바이를 세울 수 있게 도와 달라고 부탁하고, 할아버지와 함께 오토바이를 도로로 끌어냅니다. 그때까지도 너무 아파서 정신이 없었습니다. 그런 절 잡고 할아버지는 점프를 해 보라고 합니다. 전 영문도 모르고 점프를 했습니다. 아팠지만 어쨌든 뛸 수는 있었습니다. 할아버지가 괜찮다고, 부러지진 않았다고 말합니다. 그러고는 너무너무 감사하다는 제 인사를 받는 둥 마는 둥, 쿨하게 갈 길을 가십니다.

오토바이 옆에 쭈그려 앉아 통증이 가라앉기를 기다립니다. 어깨, 목, 가슴, 팔 등의 통증은 사그라들었지만 다리는 계속 아픕니다. 그나마 보호 장비를 꼼꼼하게 착용한 덕에 이 정도겠죠.

오토바이 양쪽 미러는 박살나 버렸고, 발목과 누가 더 단단한지 내기했던 뒤쪽 브레이크 페달도 휘어 버렸지만 어쨌든 사지는 멀쩡하게 붙어 있습니다. 제대로 걸을 수 없을 만큼 아프고 피가 줄줄 나고 있지만 말입니다.

그제야 저는 정신을 차리고 플라트비체행을 포기하고 슬룬Slunj 이라는 곳에 숙소를 예약합니다.

뒤쪽 브레이크 페달이 휘어 버린 탓에 앞 브레이크만 가지고 사이드미러도 없이 1시간을 다시 달립니다. 통증으로 경련을 일으키는 다리로 말이죠. 숙소에 도착해 샤워하며 피를 씻어낸 후 밴드로 피가 나는 곳만 대충 붙이고 병원으로 향합니다.

병원에는 무슨 일인지 사람이 하나도 없습니다. 응급실에 있던 응급요원으로 보이는 사람과는 말이 안 통합니다. 확실한 건 그곳에는 엑스레이 기계가 없기 때문에 진단을 할 수 없다는 겁니다. 그는 친절하게도 50킬로미터 떨어진 도시에 엑스레이 기계가 있는 병원이 있으니 그곳으로 가 진찰을 받으랍니다.

'아우, 다친 상처에 밴드 정도는 붙여줄 수도 있는 거잖아.'

하지만 말도 통하지 않는 환자이다 보니 어쩔 수 없었겠죠. 할아버지 말마따나 부러지진 않은 거겠지, 생각하며 절룩거리며 약국까지 걸어가 아스피린을 사 먹고 커다란 드레싱패드를 사 상처에 붙입니다. 그리고 오늘 하루를 돌이켜 봅니다. 누군가에게 위로받고 싶습니다만, 연락할 수 없습니다. 가족에게 연락하면 걱정할 테니까요. 제 상황을 해결하는 데 도움을 줄 수도 없는데 불필요한 걱정까지 끼칠 필요는 없겠죠. 그래서 연락할 수 없는 카카오톡 목록을 쭉 훑어본 후 이런 때 연락할 사람 하나 없는 인생에 대해 반성하고, 저 자신의 무모함과 오만함을 또 반성하고, 아스피린에 의지해 잠을 청해 봅니다. 멈추지 않은 덕분에 이제는 정말 휴식할 수밖에 없는 상황에 처했으니까요.

▷▶ Slunj, Croatia

비현실적으로 아름다운

인간의 욕심은 끝이 없고 같은 실수를 반복하지

눈을 뜨자 익숙한 통증이 찾아옵니다. 침대에 있는 베개를 다 모아 차곡차곡 쌓은 후 다친 발을 그 위에 올리고 잤더니 붓기는 생각보다 심하지 않습니다. 하지만 오른쪽 발목이 온통 피멍투성이입니다. 병원에서 돌아온 직후 쓰러져 잠들었다 일어나니 아침 7시입니다. 오늘은 더 쉬기로 했으니 절룩거리며 밖으로 나가 제가 있는 곳이 어떤 곳인지 살펴보기로 합니다.

전날 진창에서 뒹굴고 도로에서 갈리기까지 한 신발은 너덜너덜합니다. 고마운 신발입니다. 오토바이에 깔리고도 발목이 부러지지 않은 것은 어느 모로 보나 신발 덕분입니다. 만약 보호 장비가 없었다면 한두 군데 부러지는 걸로 끝나지 않았을 겁니다. 하지만 죽은 짐승 썩는 내를 풍기는 건 여전합니다. 출발할 때 챙겨온 운동화를 신고 절룩거리며 밖으로 나섭니다.

슬룬은 아파서 알아채지 못했을 뿐, 작고 아름다운 마을입니다. 카르스트지형이 만들어낸 협곡과 작은 폭포들이 마을을 중심으로 사방으로 펼쳐져 있습니다. 절룩이며 가을 단풍이 물든 아름다운 계곡들을 바라봅니다. 하지만 힐링은 둘째 치고 다리가 아픕니다. 그래도 경치에 넋을 놓은 탓에 1시간이나 싸돌아다닙니다.

어차피 토요일이라 오늘은 병원에 갈 수도 없습니다. 그러니 월요일까지 이곳에 머물기로 합니다. 하지만 숙소로 돌아와 물어보니 주말 내내 예약이 꽉 차 있답니다. 그러니까 여기는 자그레브 사람들이 주말을 보내는 나름 관광지였던 겁니다.

잠시 고민합니다. 100여 킬로미터를 달려 수도인 자그레브로 돌아갈 것인가, 200여 킬로미터를 남하해 아드리아해로 빠질 것인가? 오토바이는 사이드미러가 박살났고, 뒤쪽 브레이크 페달이 휜 탓에 앞 브레이크만 사용할 수 있습니다. 바보가 아닌 다음에야… 네, 저는 바보가 되기로 합니다. 크로아티아에서 제 오토바이를 취급하는 유일한 대리점이 다름 아닌 아드리아해 쪽에 있거든요. 오토바이를 고치고 싶다면 좋든 싫든 남하해야 하는 겁니다.

유일한 희망인 아스피린을 한 알 더 먹고 다친 몸뚱이를 일으켜 밖으로 나섭니다. 하루 묵었던 숙소의 무뚝뚝한 아저씨는 제 꼴을 보고 부러진 사이드미러를 어떻게든 고정시켜주려 애쓰지만, 그게 쉽나요. 덕분에 출발 시간만 지체되지만, 이 무뚝뚝한 사람들이 나름 얼마나 친절한가를 느낍니다.

그리고 저는 플라트비체에 들르기로 합니다. 월요일까지 자다르Zadar에 숙소를 예약하고 나니 뭐라도 보고 가야 할 것 같다는 생각이 퍼뜩 드는 겁니다. 그래요. 인간의 욕심은 끝이 없고, 같은 실수를 반복하기 마련이죠. 신기한 건 오토바이를 타고 가는 동안은 다리가 덜 아프다는 겁니다. 아니, 정확하게는 걸을 때 아프다고 말하는 게 맞겠네요. 어쨌거나 플라트비체 주차장에서 신발과 옷을 갈아입고, 피멍과 피딱지가 엉겨 붙은 다리로 절룩거리며 플라트비체로 들어갑니다.

플라트비체는 다친 다리로 온 것이 서러울 정도로 아름다운 곳입니다. 늦가을 햇살이 석회암 분지 아래를 비추는 동안 작은 폭포들에서 들리는 물 소리가 이른 아침 새들이 노래하는 소리와 어우러져 심호흡을 할 때마다 몸속으로 맑은 공기와 함께 스며드는 기분입니다. 푸른 하늘과 가을 숲이 수면에 비쳐 상하 대칭의 푸른 정경을 만들고 작은 폭포마다 물안개에 햇살이 흩어집니다. 주말이라 사람도 많고 날씨도 좋고 바람도 선선하고, 다치지만 않았다면 완벽했을 하루입니다. 어제 길을 잘못 들어 진창에 빠지지 않았다면, 다리를 다치지 않았다면 진작 봤을 풍경이죠.

제가 제 소설의 주인공이라면 어제 일로 뭔가 배우고, 혹은 깨닫고 좀 더 현명한 선택을 했겠지만, 현실의 인간은 소설과 달라서 아스피린 하나 믿고 다친 다리로 등산을 합니다. 미련도 이런 미련이 없죠. 하지만 이 정도로 아름다운 풍경을 봤으면 성공한 하루라고 저 자신을 납득시킵니다.

그러나 제가 이날 본 가장 아름다운 풍경은 플라트비체 국립공원이 아닙니다. 늦은 오후 오토바이를 타고 플라트비체에서 자다르로 넘어가며 바라본 광경이야말로 가장 아름다운 풍경이었습니다. 주행하느라 유감스럽게도 사진은 찍지 못했습니다만, 눈 내린 알프스를 넘을 때만큼이나 아름다운 절경이었습니다. 크로아티아 남부로 내려갈수록 세계지리 교과서에서 잘라낸 듯한 카르스트지형이 펼쳐집니다. 사방 어디를 둘러봐도 백색의 토양에 잡목과 넝쿨뿐인 사막 같은 분지가 끊임없이 펼쳐집니다. 그리고 그 분지의 끝에서 산맥을 타고 올라가 바라본 풍경은 정말이지 말문이 막히는 절경이었습니다. 거의 40분 넘게 이런 절경이 펼쳐지다가 마지막에 고개를 넘으면 아드리아해가 펼쳐지는데, 그야말로 화룡점정입니다.

'세상은 아름답구나. 내가 상상하던 것보다 훨씬.'

몸 상태가 좋았다면 어딘가에 오토바이를 세우고 사진을 찍었겠지만 해는 넘어가고 있고 진통제의 약효도 떨어져 가고 있었습니다. 무엇보다 사이드미러가 없었습니다. 뒤도 보지 못하면서 야간에 오토바이를 타는 미친 짓은 정말이지 하고 싶지 않았으니까요. 그렇게 달리고 달려 일몰 직전에 자다르에 도착합니다.

다리는 여전히 아프고 피멍은 더 넓어져 다리가 황혼 빛깔을 띠고 있지만, 어쨌든 몸은 여전히 한 덩어리로 붙어 있고, 과분할 정도로 아름다운 경치도 보았죠. 어쩌자고 이런 몸뚱이로, 어쩌자고 여기까지 왔을까요?

그래도 와서 다행이라고 멍청한 생각을 합니다. 어쩌겠습니까. 그런 인간인걸요.

정말 쉬었습니다

한가한 자다르의 오후

느지막이 일어납니다. 움직일 수 없었기에 나름 자다르의 가장 중심지에 비싼 집을 빌렸는데, 그게 실수였습니다. 새벽 늦게까지 떠드는 사람들 때문에 잠을 잘 못 잤거든요. 새벽 5시에는 쓰레기차 때문에 다시 시끄럽습니다. 그리고 7시가 되자 잠 없는 할아버지들이 큰소리로 떠들기 시작합니다. 그래도 상관없습니다. 오늘은 쉬기로 했으니까요.

파스타로 아침 겸 점심을 때운 후 다시 숙소로 돌아옵니다. 숙소는 번화가 한가운데 위치한 일종의 주상 복합형 아파트로, ㅁ자 모양의 건물입니다. 2층 중앙에 있는 뻥 뚫린 공간에서 러닝셔츠와 반바지만 입은 한 남자가 플라스틱 의자에 앉아 라디오를 들으며 담배를 피웁니다. 그 위로는 각각의 세대에서 널어놓은 빨래가 줄에 걸려 있습니다. 어쩐지 1990년대의 홍콩 영화가 떠오릅니다.

번화가에서 들리는 시끄러운 소리를 들으며 다시 잠듭니다. 침대에서 미적거리고 있자니 어쩐지 일요일 오전 같은 기분이네요.

자다르는 로마시대 때부터 아드리아해의 대표적인 휴양지였다는데, 정말 따뜻하고 온화한 전형적인 지중해성 기후를 자랑합니다. 도시 중심가 옆에는 로마시대의 기둥이 무너진 채 놓여 있는데, 연인이나 학생들이 그 위에 앉아서 무언가를 먹거나 수다를 떱니다. 석재가 남아나는 것인지, 중심가의 바닥이 전부 반질반질

한 돌입니다. 연인끼리 오면 좋을 도시지만, 하이힐을 좋아하는 여성들에게는 이가 갈릴 법한 곳이겠네요. 뭐, 여행 중에는 편한 신발을 신으세요. 이게 제가 줄 수 있는 가장 큰 여행 팁입니다.

바다 오르간으로 유명한 해변은 일몰을 보러 나온 사람들로 붐빕니다. 이곳에서 한국에서 블라디보스토크로 넘어갈 때 배를 함께 탔던 친구를 만나기로 했습니다. 혼다 커브를 타고 여행하는 20대 후반의 친구인데, 모스크바에서 헤어진 후 저는 북유럽을 돌고 독일을 가로질러 이곳으로 내려왔고, 그 친구는 동유럽을 가로질러 여기까지 왔습니다. 둘 다 아는 곳이 바다 오르간뿐이라 그곳에서 만나기로 하고 황혼에 물든 바닷가를 설렁설렁 걸어갑니다.

관광객들 사이에서 버스킹을 하는 밴드의 음악 소리가 들립니

다. 다쳐서 그러는 게 아니라 정말 휴양하러 올 만한 도시 같습니다. 결혼을 할지 모르겠지만, 신혼여행이란 걸 가게 된다면 이곳으로 오면 좋겠다 싶네요. 뭐, 다음 생에 한 번쯤….

어쨌거나 일몰을 보며 설렁설렁 걸어가면서 보니 바다 오르간 앞에 서 있는 그 친구가 보입니다. 키 크고 잘생겨서인지 찾기 어렵지 않았습니다. 그런데 이 친구와 함께 다니니 여자들이 자꾸 말을 걸어옵니다. 사진을 찍어달라거나, 사진을 찍어달라거나, 사진을 찍어달라거나…. 그래요, 잘생긴 사람의 삶은 이런 거군요. 저에게는 여행하는 한 달 반 동안 그 누구도 먼저 말을 걸어온 적이 없는데 말이죠. 그중 가장 인상적인 건 미국에서 온 40대 아주머니들입니다. 남편을 버리고 여행 왔다는 이분들은 바다에 들어가서 사진을 찍습니다. 자다르의 날씨는 온화하긴 하지만, 그래도

나름 가을이라 물이 차가울 텐데도 말이죠. 와! 인스타그램의 힘이 이런 거군요.

아드리아해에 커다란 참치 양식장이 있다고 들었는데, 정말 이 곳에 참치회를 파는 곳이 있더군요. 맛은 기대되지 않았지만 제 생애 언제 자다르에서 참치회를 먹어볼까 싶어 먹으러 갔습니다. 맛은 음… 제가 먹어본 역대 최악의 참치회라 할 만했습니다. 살은 물렁하고, 피 맛이 납니다. 알고 당하는 통수지만, 구글 지도에선 평점이 4.3이었단 말입니다. 도대체 얘네들은 어떤 회를 먹고 살아온 걸까요? 진짜 안타까운 건 진짜 참다랑어였다는 겁니다. 이 비싼 생선을 이렇게 망치다니!

어쨌거나 맥주를 마시며 그간 여행이 어땠는지 서로 이야기합니다. 진짜 신기한 건, 아니 어쩌면 당연한지 모르겠는데 이 친구도 자그레브에서 구글 지도의 오류로 오프로드를 달렸다는 겁니다. 혼다 커브로 말이지요. 혼다 커브는 연비, 내구성 면에서 가장 뛰어난 오토바이라 세계 일주를 고장 없이 이뤄낸 기록을 가지고 있지만, 이 친구가 타는 온로드용은 그 훌륭한 연비를 특유의 얇은 타이어로 이뤄냈는지라 비포장 도로에서는 잘 미끄러지는 걸로 악명이 높죠. 그리고 실제로 이 친구도 저속에서이긴 하지만 두 번이나 넘어졌다고 하더군요.

어쨌거나 자다르로 넘어오는 산의 절경은 최고였다는 데 합의한 우리는 내일 함께 크로아티아 제2의 도시인 스플리트Split로 내려가기로 합니다. 로마 시절 황제가 은퇴 후 살기 위해 지은 궁전이 남아 있어서 세계 문화유산으로 지정된 도시인데, 도시도 도시지만 자다르에서 스플리트로 내려가는 길이 아드리아해의 풍광을 고스란히 즐길 수 있는 것으로 유명합니다. 저는 편도로 쭉 두브로브니크Dubrovnik로 내려가지만 이 친구는 다시 이탈리아로 올라가는 여정이라 아침 일찍 출발하기로 하고 약속 장소를 정한 후 헤어집니다. 오토바이 주행으로는 처음이자 마지막으로 누군가와 함께하는 여행이 되겠네요.

　숙소로 돌아와 다리를 보니 피멍은 여전하지만 부기는 많이 빠졌더군요. 그런데 쓸린 상처에서 통증이 사라지고 나니 그 자리가 욱신거립니다. 부러지진 않았어도 금 정도는 가지 않았을까 싶지만 그냥 그러려니 하기로 합니다. 보험도 있고, 쉬기로 한 만큼 시간도 있지만 여행을 멈추고 절차를 밟아 말도 안 통하는 병원에서 깁스를 하고 주저앉아야 할지 모르는 기타 등등의 모든 일들이 귀찮아서… 네, 그래요. 무시하기로 합니다. 아픈 건 익숙해지니까요. 하지만 여러분은 이렇게 사시면 안 됩니다.

못 고친다고요?

이런 모델은 크로아티아에 없어요

작은 섬이었던 자다르의 구도심은 한쪽이 성벽으로 둘러싸인 나름 요새 도시입니다. 아침 일찍 이 아름다운 요새 도시의 광경을 보기 위해 자다르 탑에 올라갑니다. 따뜻한 날씨에 아기자기한 구도심, 붉은 지붕과 푸른 바다, 재즈 음악이 울려 퍼지는 백사장과 한가로워 보이는 사람들…. 실은 아파서 잠만 잤던 탓에 뭘 제대로 본 기억이 없었거든요.

스플리트로 가는 길, 앞에서 달리는 혼다 커브에는 러시아로 들어올 때 배를 함께 탔던 친구가 타고 있습니다. 그 친구는 다시 자다르로 돌아올 예정이기에 아무 짐이 없습니다. 햇살을 받으며 달리는 젊은 여행자의 셔츠가 바람에 날립니다. 아드리아해를 끼고 남쪽으로 향하는 길은 눈이 부실 지경입니다. 왼쪽에는 석회암 산과 절벽이, 오른쪽에는 쪽빛 바다가 펼쳐집니다.

중간에 코인 세차장에 들어가 세차 건으로 고압 세차를 합니다. 오프로드에서 진흙탕에 빠진 데다가 미끄러지면서 덤불 속에 처박혔던지라 오토바이 꼴이 말이 아니었거든요. 진흙이 씻겨나간 오토바이는 비로소 사람이 타고 다닐 법한 모습이 됩니다.

저는 박살난 미러를 교체하기 위해 먼저 출발해야 해서 이번에는 홀로 길을 나섭니다. 그러나 찾아간 대리점은 문이 닫혀 있습니다. 괜히 주차장에서 서성거리다가 떠나려는 순간 직원이 나타납니다. 그가 제 오토바이를 보고 한마디 합니다.

"오, 타고 오신 오토바이와 같은 모델은 아마 크로아티아에는 한 대도 없을 거예요. 이건 여기서 못 고쳐요."

네, 그래요. 그럴 수 있죠.

길가에 서서 가장 가까운 다른 매장을 검색해 보니 이탈리아에 있다고 나옵니다. 빠르게 포기하고 다시 스플리트로 갑니다. 중간에 구글 내비게이션의 놀라운 안내 실력 덕에 또 이상한 오프로드로 빠질 뻔하지만, 이미 당해본 삽질이기에 이번에는 빠르게 손절합니다.

날이 너무 찬란해서 좀 지치네요. 스플리트에서 잠시 길을 헤매다 포구에 있는 주차장을 발견하고 오토바이를 세웁니다. 그곳에서 중간에 헤어졌던 친구와 다시 만납니다.

로마시대의 유적들과 그 시절의 궁전, 신전, 건물 들이 마치 미로처럼 얽혀 있는 스플리트는 베네치아의 뒷골목을 연상케 합니다. 로마 버전의 베네치아 같다고나 할까요.

갈수록 햇살은 찬란해져 초여름 날씨가 됩니다. 달달 떨면서 알프스를 넘던 생각을 하면⋯ 그래요, 땀은 좀 나지만 괜찮습니다.

유럽의 분식이라 할 파스타를 먹고 아이스커피를 판다는 카페를 찾아갑니다. 유럽에서는 정말 아이스커피를 마시기 힘들거든요. 그리고 함께 온 이 친구가 나름 커피 마니아입니다. 그래서 함께 아이스커피를 찾아 스플리트의 골목길을 헤맵니다.

사실 유럽에서 카페는 밥도 팔고 커피도 파는, 우리 식으로 말하면 김밥천국 같은 곳입니다. 코스 요리가 정석인 곳이라 간단한 단품 요리와 베이커리, 커피를 파는 곳이 바로 카페로, 미국이나 우리나라의 카페와는 좀 다릅니다. 그런데 도착한 곳은 딱 젠 스타일의 인테리어를 한 크로아티아의 와패니즈wapanese* 청년들이 경영하는 정말 일본식 카페입니다. 일본도 나름 커피 문화가 오래된 동네라 일본식 커피와 유럽식 커피가 만났다면 이곳의 커피 맛은⋯ 로스팅에 실패했다고밖에 할 말이 없더군요. 솜씨를 보기 위해 핸드드립 커피를 시켰는데, 에스프레소 머신으로 뽑은 것처럼 입자는 가늘게, 원두는 강배전으로 너무 구워버렸더군요. 차라리 섬세한 커피 맛을 내는 건 우리나라나 일본에서 먹는 것만 못하더군요. 서양 친구들은 술, 커피, 요리, 다 선 굵은 분명한 맛을 지향

* 일본 문화에 심취한 사람을 일컫는 말.

▷► Split, Croatia

합니다. 뭐… 대충 한다는 뜻이죠. 물론 고급진 영역에서는 그렇지 않겠지만, 싼 영역에서는 딱 임금 값만큼 한다는 느낌입니다.

저희 동네에 꽤 괜찮은 카페가 있는지라 '우리 동네보다 맛없어' 할 수 있어서 다행이지만, 어쨌든 여행하며 유럽 커피에 대한 환상이 어느 정도 깨지더군요. 물론 휴게소 자판기 커피도 우리나라 스타벅스 정도는 하지만, 반대로 대부분의 카페 커피도 기대했던 엄청난 맛은 아니었습니다. 개성은 더더욱 없고요. 물론 어디든 기본은 해서 우리나라에서처럼 똥 밟는 경우도 없지만요.

이해는 갑니다. 여기선 커피 맛에 올인 하지 않아도 요리나 공간 자체처럼 다른 유인 요소가 상대적으로 많은 겁니다. 더구나 에스프레소가 중심인 커피 문화라 머신만 제대로 다루면 되고, 맛은 결국 원두에서 결정 납니다. 더구나 매우 싼 커피 값 탓에 원두를 사다가 결점두를 고르고 직접 로스팅을 하는 사치스러운 짓은 할 수 없습니다. 커피 값이요? 네, 에스프레소 기준으로 우리나라의 반값 정도 합니다.

하여간 카페에서 나오며 유럽의 커피 맛에 대해 친구와 이야기한 뒤 헤어졌습니다. 그 친구는 이제 자다르로 건너가 이탈리아를 거쳐 독일, 네덜란드로 향할 예정이거든요. 작별 인사를 하고 한국에서 보기로 합니다. 언제가 될지 모르지만 언젠가는 말이죠.

저녁에도 여전히 발목은 부어 있습니다. 만병통치약인 아스피린을 먹고 일찍 잠자리에 듭니다. 그러고 보니 밤 문화를 즐긴다든가 그런 게 없네요. 아픈데 자야죠.

아름답고도 쓸쓸한 두브로브니크

햇살 좋은 날

두브로브니크로 가는 길은 빛으로 가득합니다. 초여름 같은 따뜻하고 건조한 햇살입니다. 너무나 완벽해서 흠잡을 데가 없는 날씨입니다. 아드리아해의 풍경은 마른 운동화 같습니다. 운동회 전날 잘 빨아 말려둔 흰색 운동화 말이죠. 석회석 산은 햇살에 반짝이고, 바다도 햇볕을 받아 하얗게 빛납니다. 다니는 차도 없고, 재밌는 커브가 연속해서 나옵니다. 다리만 아프지 않다면 지금까지 달렸던 도로 중 가장 재밌는 길입니다. 산모퉁이를 돌면 가끔 놀랄만큼 아름다운 바다 풍경이 기다리고 있습니다. 너무 아름다워서 조금은 슬플 지경이었죠. 왜 로마 시절부터 많은 사람이 이곳으로 휴가를 오고, 이곳에서 말년을 보냈는지 알 것 같습니다.

두브로브니크로 가기 위해서는 중간에 국경을 넘어야 합니다. 티토가 과거 유고슬라비아를 통합하기 위해 크로아티아 땅 일부를 보스니아에 양도했는데, 네움Neum이라는 그 도시는 지금도 보스니아 땅으로 남아 있기 때문입니다. 네움으로 가기 직전, 국경마을에서 규모가 큰 오렌지 과수원들을 지납니다. 길가 좌판에서 오렌지를 팔고 있고, 도로는 잘 익은 오렌지 향으로 가득합니다. 시트러스 향을 좋아하는 저는 꽤 행복한 기분으로 달립니다.

그리고 국경을 넘습니다. 과거에 내전을 치렀던 곳이지만, 지금 국경에서는 어떤 긴장감도 느낄 수 없습니다. 검문소 직원들은 으레 느긋하게 제 짐을 확인하고 여권에 도장을 찍어줍니다.

국경을 넘어서도 아름다운 길이 이어집니다. 다만 조금은 단조롭고 지겹습니다. 그리고 벌레가 있죠. 네, 오토바이 타기 좋은 날은 벌레에게도 좋은 날입니다. 마지막에는 너무 졸려 오토바이를 어딘가에 세우고 잠시 눈을 붙여야 하는 게 아닌가 고민하고 있을 때 두브로브니크에 도착했음을 알리 듯 거대한 현수교가 보입니다.

3일이나 빌린 숙소는 비수기라 그런지 어처구니없을 정도로 싸고 깨끗하며, 훌륭한 전망을 자랑합니다. 이번 여행 중 빌렸던 어떤 숙소보다 전망이 아름다운 곳입니다.

썩어가는 동물 사체 냄새를 풍기는 오토바이 신발과 죽은 벌레 시체가 잔뜩 붙은 슈트를 벗어 세탁기에 넣어 돌린 후 너무 화창해서 조금 아프기까지 한 아드리아해의 햇살에 말립니다. 그리고는 쓰러져서 시체처럼 잠을 잡니다. 늘 의무적으로 했던 관광 대신에 말이죠. 중간에 모처럼 마트에 들러 장을 봐 와 요리 비슷한 것도 만들어 먹고, 다시 그대로 쓰러져 잠듭니다.

▷▶ Dubrovnik, Croatia

다음 날 일찍 일어나 요구르트와 빵 한 조각을 먹고 두브로브니크 구도심으로 향합니다. 베이지색 벽에 주황색 지붕으로 된 성체 도시가 보입니다. 사실 두브로브니크에 대해서는 잘 몰랐는데, 주변에서 추천해서 온 길이었습니다. 그런데 구글 지도에서 라구사Ragusa라는 지명을 보는 순간 깨달았습니다. '아, 여기가 라구사야?' 아재들이라면 '대항해시대'라는 게임을 기억할 겁니다. 게임에서 '지중해 무역'을 선택하면 '라구사 염료', '유리구슬'이 무슨 공식처럼 따라 나왔거든요. 게임에 나올 정도였으니 한때는 정말 거대한 무역항이었겠죠.

도시는 실제로 한때의 영화를 보여주는 듯 아름답고 큽니다. 이슬람교와 기독교가 만나는 경계에 위치한 도시답게 다양한 건축양식을 하나로 녹여내고 있습니다. 기독교와 이슬람교가 극단으로 대립하던 와중에도 라구사는 양쪽 모두에게 관대하고 자유로운 입장을 포기하지 않았다고 하더군요. 강한 두 세력의 틈바구니에서 무역항이 살아남은 비결 아니었을까요?

오늘날 무역항의 모습은 남아 있지 않습니다. 바다에는 관광객들이 타는 카누가, 항구에는 요트와 유람선이 가득하죠. 비수기임에도 전 세계에서 몰려온 사람들로 거리는 번잡합니다.

세계 문화유산이지만 최근에 시멘트로 마감해 복원한 듯합니다. 하지만 어쩌겠습니까! 한때 유고슬라비아 인민군이 도시를 포위하고 포격을 가했는데, 도시는 포위를 견디고 끝내 항복하지 않았습니다. 그리고 무너진 곳들을 복원한 거죠. 전후 20년 넘게 복원한 것이 현재의 두브로브니크인 셈입니다. 성당 외벽 일부는 아

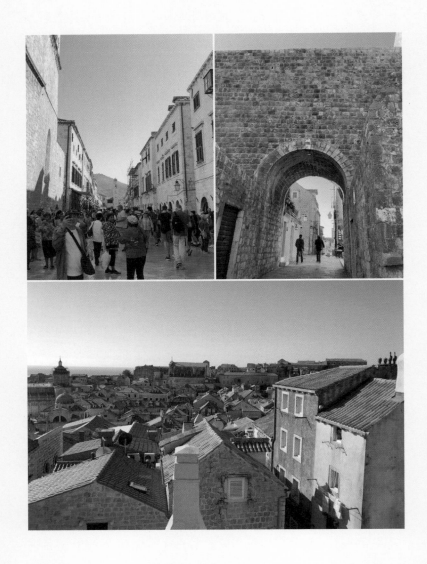

▷▷ Dubrovnik, Croatia

직도 복원하는 중이더군요.

포구의 바닷물은 거짓말처럼 맑습니다. 성벽 밖, 바다 쪽에 있는 카페에는 관광객들이 그득하고, 포구에서는 수영 팬티만 입은 할아버지가 낚시를 하고 있습니다. 멋진 곳이지만, 너무 관광지라 못 올 곳에 온 기분입니다. 분명 지금까지 여행한 도시들 중 손꼽을 만큼 아름다운 도시지만, 한쪽 다리를 절며 홀로 걷는 여행자를 위한 도시 같지는 않습니다.

파스타 한 접시를 후루룩한 후 장을 봐 숙소로 돌아옵니다.

멀리 바닷가 호텔에서는 한창 수많은 사람들이 정말 파티를 하는 중입니다. 바람에 실려 오는 음악 소리를 들으며 빨래를 걷은 뒤 다친 다리를 드레싱하고, 찍은 사진과 영상 데이터를 백업한 뒤 일몰을 구경합니다. 풍경은 아름다운데 외롭고, 참 쓸쓸한데 행복합니다. 그래도 멋진 도시에서 하루 잘 쉬었습니다. 가능하면 오래오래 머물고 싶지만, 남부 이탈리아에 있는 바리Bari로 가는 배표를 이미 예약해뒀거든요.

발코니에 앉아 와인을 마시며 밤하늘에 뜬 별과 떠나가는 유람선을 바라봅니다. 휴대폰에서는 오래된 사랑 노래가 흘러나옵니다. 크로아티아 남부는 언젠가 사랑하는 사람과 다시 와 보고 싶습니다. 음… 아마 다시 오긴 힘들겠군요.

▷▸ Dubrovnik, Croatia

안녕 크로아티아

다시 이탈리아로

냉동 파스타를 전자레인지에 데워 아침을 먹고 페리를 타기 위해 숙소를 나섭니다. 3일간 말린 신발에서는 여전히 가죽 썩는 내가 납니다. 이탈리아로 넘어가면 새로 하나 사야겠네요.

밤 11시에 출발하는 배 시간까지는 아직 멀었기에 두브로브니크 구도심 뒤쪽에 있는 스르지산으로 갑니다. 전쟁 기념비와 케이블카가 있는 이곳에서는 구도심을 한눈에 볼 수 있습니다.

햇살을 받은 오후의 성곽 도시는 정말 아름답습니다. 전망대에 위치한 카페에 앉아 점심 겸 저녁을 먹습니다. 오토바이를 타고 올라온 게 아니라면 와인이라도 한잔 하고 싶지만, 참습니다. 차를 가지고 다니는 여행을 이래서 싫어하죠. 뭐, 장거리 운전을 마치고 마시는 맥주만 한 것도 없지만 말입니다.

자그레브를 떠나며 크게 자빠져서 다쳤던 걸 빼면 크로아티아는 대체로 좋았습니다. 무뚝뚝하지만 친절한 사람들, 뜻밖에 깔끔한 도시-유럽 도시들이 의외로 더럽습니다-, 전형적인 카르스트 지형의 아름다움을 만끽한 곳이었습니다.

바다 반대쪽으로는 황량한 대지가 끝없이 펼쳐져 있습니다. 네, 석회암 지형이라 물이 고이기 힘들다 보니 이렇게 황량한 모습입니다. 처음 자다르로 넘어올 때 봤던 쓸쓸하고 아름다운 사막 같은 풍경처럼 말이죠.

▷▶ **Bari, Italy**

이제 항구로 갑니다. 마트에서 간단한 요깃거리를 사서 오토바이에 매달고, 선착장 주차장으로 갑니다. 페리를 타고 바리로 가는 이유는 단순합니다. 바리에 오토바이 대리점이 있거든요.

승선권과 여권 검사를 받고, 페리에 오토바이를 고박한 후 배에 올라탑니다. 몇몇 사람이 복도에 난민처럼 침낭을 펴고 누워 있습니다. 유럽에서만 볼 수 있는 풍경이죠. 러시아에서 넘어올 때도 그랬지만, 유럽에서는 방이 없는 염가 표를 팔거든요. 그래서 복도나 좌석 객실에서 널브러져 자는 사람들을 쉽게 볼 수 있습니다.

미국에서 왔다는 오토바이 여행객과 이야기를 나눕니다. 제 오토바이 메이커에 대해 듣더니 자기 집 잔디 깎는 기계가 그 회사 거라며 튼튼하게 잘 만든다고 칭찬하더군요. 네, 허스크바나라는 브랜드는 농기계로 유명한 회사입니다. 승차감이 좋지 않아서 그렇지 튼튼하기는 합니다. 그걸 제가 크게 자빠졌으나 미러만 해먹으며 몸소 입증하지 않았겠습니까. 하여간 남은 여행 무사히 마치라는 덕담을 하고 미국 아재와 짧은 대화를 마칩니다. 아저씨는 스몰 토크를 더 하고 싶어 하는 눈치지만 피곤해서 적당히 이탈리아 오토바이 여행객에게 화제를 넘긴 후 방으로 도망 옵니다.

새벽에 도착한 바리는 놀랄 만큼 황량하고, 생각보다 거대한 항구 도시였습니다. 남부 이탈리아의 폐허 같은 광경을 처음 접하고 다소 놀랐다고나 할까요. 물론 유서 깊은 이탈리아의 도시답게 구도심에는 아름다운 건축물과 분수 등이 있습니다. 바닷가를 따라 오래된 호텔들이 멋지게 늘어서 있고요. 하지만 여기저기 훼손돼 있는 도로는 러시아보다 엉망이고, 건물들은 칠이 벗겨지거나 칙

칙한 색을 하고 있으며, 공업단지가 위치한 포구의 음울한 풍경이
도심에서 시 외곽까지 쭉 이어집니다.

저는 공업단지에 있는 오토바이 대리점 앞에서 문이 열리길 기
다립니다. 잠시 후 '슈퍼 마리오' 게임에서 튀어나온 것 같은 남자
한 명과 정말로 우울해 보이는 남자 한 명이 도착해 문을 열어줍
니다. 마리오 아저씨는 부품이 없었지만 먼 곳에서 온 손님이라며
전시되어 있는 오토바이에서 부품을 떼어내 제 오토바이를 수리
해줍니다.

저는 공장에 있는 검은 고양이 삼 형제와 놉니다. 고양이들은
잠깐 제 눈치를 보더니 이내 다가와 애교를 떨다가 제가 아무것도
없는 여행객이라는 걸 눈치 채고는 쌩하니 가버립니다.

그사이 친구 사이인 할아버지 두 분이 오토바이를 새로 뽑아 갑
니다. 두 사람은 같은 어드벤처 오토바이를 뽑고 아이처럼 좋아

합니다. 저게 저렇게 좋아할 일인가 싶었지만, 너무나 행복해하는 그들을 보고 있자니 저까지 기분이 좋아졌습니다. SNS에 올리고 싶다고 해서 함께 사진도 찍고, 첫 시동을 걸 때는 박수도 쳐 줬습니다.

엄청 친절한 마리오 아저씨는 영어가 짧고, 우울해 보이는 수리공 아저씨는 전혀 영어를 못하지만 빈약한 영어 실력을 가진 사람들끼리 의사소통이 더 잘되는 법이죠. 아저씨에게 이것저것, 여기까지 여행하게 된 경로나 겪은 일들을 들려줍니다.

오일도 갈고 미러도 교체하고 휘어진 앞 브레이크 페달도 새로 달고 나니 뭔가 차주로서 도리를 다 한 기분입니다. 흔쾌히 수리비를 결제하고 아저씨와 악수합니다. 이제 가야 할 다음 숙소가 있으니까요.

▷▶ Pompeii, Italy

쇠락한 폐허의 도시에서

이곳에서 피자는 김밥 같은 거였어

살레르노Salerno에 도착할 때까지 익숙한 서글픔 같은 걸 느낍니다. 이런 감정을 느꼈던 도시가 하나 있었죠. 마닐라였습니다. 한때는 찬란했으나 이제는 너무나 쇠락한 곳에서 느낄 수 있는 서글픔입니다. 도쿄의 경우 쇼와昭和 시절을 정점으로 찬란했던 시절이 저물었다는 좀 아련한 느낌이 들었다면 마닐라는 '아아…' 하는 소리밖에 나오지 않았죠. 그러니까 분명 인프라와 남아 있는 화려한 건물들을 통해 과거에 그곳이 엄청 잘나갔다는 사실을 알 수 있는데, 현실은 너무나 낡아 초라하다 못해 비루하기까지 해 서글픔 같은 감정이 들었습니다. 남부 이탈리아가 그렇습니다. 분명 풍광은 무척 아름답습니다. 산을 중심으로 그림에 나올 법한 소도시들이 자리 잡고 있고, 작은 석회암 산을 넘으면 거대한 분지에 아름다운 도시가 있는, 아주 인상적인 풍경을 자랑하는 곳입니다.

그러나 그 풍경으로 가는 길들이 성치 않습니다. 저는 주로 국도로 달렸는데, 한 도시의 경우 도시 진입로 중 한 차선이 완전히 무너져 있었습니다. 더구나 도시 내에서는 제법 차가 다니지만 도시와 도시 간에는 아무리 국도라 해도 차가 거의 다니지 않아서 고령화로 인해 비어버린 한국의 시골은 여기에 비하면 순한 맛이라는 생각이 들더군요. 하긴, 이탈리아의 고도성장기는 1950, 60년대였습니다. 파시즘에서 벗어난 이탈리아는 문화적, 경제적으로 일

종의 해방기를 맞죠. 원래 이탈리아의 남과 북은 경제 수준 차이가 심했지만, 이 짧은 시기만큼은 나라 전체가 전후戰後 회복 분위기로 활기를 띠었습니다. 남부는 오일쇼크 이후 침몰해 버리고, 뒤이어 북부도 공산진영이 붕괴되며 주요 산업이었던 섬유산업이 중국이나 동유럽에 명성을 빼앗기면서 활력을 잃지만 말이죠.

그리고 유럽 통합과 함께 유로존으로 묶이며 화폐 강제 절상과 물가 상승이라는 치명상을 입고 이 나라의 강점이 모두 사라지면서 길고 긴 경기 침체에 빠져들게 됩니다. 일본의 잃어버린 30년처럼 말이죠. 아, 오일쇼크 전까지는 일본에 이어 세계 경제 성장률 1, 2위를 나란히 찍던 시절도 있었지만, 지금은 '유로존의 피그*'라 불리며 문제아 취급을 받고 있죠.

특히 남부는 더 심합니다. 아이러니하게도 풍경과 건물들이 아름답기에 이 쇠락이 더 선명하게 보입니다. 이탈리아가 고도성장하던 시절에 이탈리아 남부는 누구나 놀러 오고 싶어 하는 휴양지이자 도시였으니까요.

살레르노에서 회전관람차와 야자수를 보면 그런 느낌이 듭니다. 아름다운 골목 안의 건물 내부는 우리나라의 1980년대를 보는 것 같고, 숙소 맞은편 과일상 주인이 제 오토바이를 누군가가 훔쳐갈지도 모른다고 걱정해 준다면 어떤 느낌인지 아실까요? 물론 번화가로 나가면 명품 숍들이 있고, 많지 않지만 활기찬 인파도

---

* PIIGS: 유로존에 속해 있는 유럽 국가 중 재정 위기에 처한 포르투갈(Portugal), 이탈리아(Italy), 아일랜드(Ireland), 그리스(Greece), 스페인(Spain)을 일컫는 말로, '돼지(pig)'라는 단어를 떠올리게 해 해당 국가들에게 모멸감을 주는 단어로 사용되었다.

있습니다. 그런데 그곳에서 한 블록 벗어나면 한때 활기차고 화려했으나 지금은 낡아버린, 그래서 그 쇠락한 화려함이 더욱 비루해 보이는 풍광들이 기다리고 있었습니다.

숙소로 돌아가는 길에 간단하게 마르게리타피자를 먹습니다. 터키인이 하는 이 피체리아는 정말 저렴한 가격이지만, 맛도 있습니다. 나름 나폴리 인근이라고 피자 맛이 점점 좋아집니다.

다음 날은 살레르노에서 아말피Amalfi, 소렌토Sorrento, 폼페이Pompeii로 이어지는 이탈리아에서 가장 아름답다는 바닷길을 달립니다. 하지만 유감스럽게도 제겐 최악이었습니다. 그곳에서 유럽 최악의 운전자들을 만났거든요. 바다를 면한 왕복 2차선 절벽 길에서 떼로 몰려다니며 칼치기는 기본이요, 역주행에, 개조한 소음기로 내는 요란한 소리와 경적까지… 같은 오토바이를 타고 다닌다는 게 정말 부끄러울 지경이었습니다. 주말이라 길은 사람들로

꽉 막혔고 오토바이들이 역주행을 하며 여기저기서 경적을 울려 대는 통에 모처럼 집에 가고 싶다는 생각이 절로 들더군요.

물론 아름다웠습니다. 바다와 절벽과 건물들은요. 만약 다시 가게 되면 며칠 묵어야겠다는 생각이 절로 들 정도로요. 가능하면 비수기에 주말을 피해서 말입니다. 하지만 당장 그 순간엔 어떻게든 그곳을 도망쳐 나와야 했습니다. 그래서 아침 7시에 출발해 막히는 길을 뚫고 11시 반에 폼페이에 도착합니다. 원래 아말피나 소렌토에서 1박 할 예정이었는데 유럽 최악의 운전자들 덕에 폼페이에 하루 일찍 도착하게 된 거죠.

폼페이를 보자 살레르노에서 느꼈던 서글픈 감정이 사라집니다. 얘들은 부자였고, 망해도 내내 먹고살 만했고, 3대가 아니라 거의 2,000년을 그 유산으로 먹고살고 있고, 심지어 도시국가로 분열됐던 것도 그렇게 해도 먹고살 만해서였다는 데 생각이 미쳤거든요.

실제로 폼페이 유적 주차장은 전 세계에서 온 관광객들로 꽉 차 주차할 자리가 없었습니다. 관광버스가 끊임없이 들어오고 나갔으며, 새로 도착한 관광버스에서는 사람들이 계속 쏟아져 나왔죠. 2,000년 전 부엌 바닥에 검은 개 그림의 타일을 깔던, 오늘날 재벌도 못 할 인테리어를 아무렇지 않게 하던 나라 사람들을 동정하다니요. '주제넘지, 아무렴!' 그렇게 생각하며 폼페이 화산 폭발로 생성된 화산암으로 된 화덕에서 만들었다는 피자를 입에 집어넣었습니다. 왜 또 피자냐고요? 가장 싸니까요.

이 도시는 여전히 발굴 중

한때 세상의 중심이었던 도시에서

10대 후반부터 20대 초반까지 나름 어떤 미학적인 사춘기를 겪었습니다. 구체적으로는 미학적인 절대주의 혹은 엄격함에 심취했었죠. 오리지널리티에 대한 과도한 신봉, 그리고 미적으로 완벽한 무언가가 존재한다는 믿음, 철저한 미적 서열화, 키치kitsch에 대한 경멸, 문학적으로 일물일어설一物一語說*에 대한 신봉, 맥락 없는 건축물에 대한 혐오 등등, 지금은 많이 옅어지거나 없어진 어떤 엄격함이었습니다.

대개 그런 것들에 대해서는 살면서 새로운 것들을 배우거나 다른 일들을 경험하거나 몰랐던 사실을 알게 되면서 조금씩 관대해져갔습니다. 이를테면 꽤 오래 문학을 공부하는 사람들 사이에 전해 내려왔던 일물일어설을 극복하는 데는 다양한 현대 소설 이론이나 기호학의 영향도 컸지만, 무엇보다 소쉬르Saussure로 시작되는 현대언어학을 배우면서 '말도 안 되는 소리였구나' 깨닫습니다. 플로베르Flaubert는 한국 현대문학 태동기에 수입되어 한국에서는 문학, 그중에서도 소설의 교범이 되었고, 족보처럼 그의 발언이 전해 내려왔지만, 그의 말이 엄밀히 말하면 부적절하다는 건 현대언어학이나 구조주의를 공부하면 금방 알 수 있죠.

---

* 하나의 사물을 설명하는 데는 단 하나의 적절한 단어가 있다는 의미.

또 하나 예를 들자면, 놀이공원에 있는 철근 콘크리트로 만든 세계 각국의 구조물들도 정말 제겐 경멸의 대상이었습니다. 그 무렵에는 앞면은 프로방스풍의 창문, 뒷면은 북유럽풍의 창틀을 시멘트로 대충 흉내 내고 적당히 색칠한 건물을 보면 토가 나올 것 같았습니다. 건축양식이라는 것은 환경과 상황을 담은 어떤 맥락을 지닌 기능적인 형태인데, 그 모양만 따와 대충 붙여놓은 것이 마치 유전자 조작으로 만들어낸 괴물 같았거든요. 사실 놀이공원 건물들은 지금 봐도 좀 심하지만, 시멘트로 알프스 오두막에 있을 법한 창틀 모양을 만들어놓은 강원도의 콘도라든가, 정문에 그리스식 줄기둥을 세워둔 대학 등 비슷한 예는 셀 수 없이 많습니다.

그런 기준에서 본다면 상트페테르부르크의 여름 궁전은 거대한 키치나 다름없습니다. 제정러시아 황가가 추앙하던 유럽, 특히 프랑스, 그중에서도 태양왕 같은 절대군주가 되고 싶다는 꿈이 투

>> **Roma, Italy**

영된 모조품이자 열화판이니까요. 물론 가능한 한 자재는 원본과 같은 걸 썼고 당대 일류 건축가들이 흉내 냈다는 측면에서 조잡하거나 흉하지는 않습니다. 네, 놀이공원이나 호텔, 콘도에서 그렇게 조잡하게 카피를 하는 이유는 바로 비용 때문입니다. 건물주는 제정러시아 황제가 아니니까요. 즉, 현실에서는 비용이라는 보다 엄중한 조건이 있는 거죠. 그리고 사실 역사상 모든 기념비적인 건축물은 기부금과 세금으로 만들어졌거든요. 그렇게 생각하면 화려하고 아름다운 건축물들이 마냥 좋은 것은 아닙니다. 그걸 알게 되면 다르게 보입니다.

물론 로마의 웅장한 건축물들이 세금으로만 만들어진 건 아닙니다. 승전한 장군들이 사비를 털어 만든 건축물들도 있는데, 그것들은 다름 아닌 약탈로 만들어졌습니다. 정벌한 영토에서 취한 부富가 경외감을 자아내는 건축물로 재탄생한 거죠. 예루살렘에서 징발한 금으로 콜로세움이 만들어진 건 이미 유명한 사실입니다. 은퇴한 장군들이 정치를 하기 위해선 대중의 지지가 필요했고, 그러기 위해 약탈한 보화로 건축을 한 거죠. 제국을 확장하고 야만족을 정벌한 대가로 위대한 제국의 수도를 아름답게 만들고, 그런 일을 한 사람을 정치가로 뽑고, 다시 그 정치가들은 군인, 즉 원정을 떠난 자영농들의 땅을 사들여 대농장을 만들고, 잡아들인 노예를 헐값에 사 대농장을 경영해 낮은 물가를 유지하고, 다시 원정에서 돌아온 장군은 약탈한 부로 아름다운 건축물을 만들어 새로운 정치가가 되고…. 고대 로마의 풍요는 그렇게 만들어졌습니다. 한때 세계의 수도이자 중심이라 불렸던, 당대 세계에서 가장 웅장했던 도시 로마는 이런 토대 위에 세워졌습니다.

전쟁에서 돌아온 퇴역 군인들은 땅을 잃고 실업자가 되었고, 정치인들은 그들의 불만을 빵과 서커스로 달랩니다. 그렇게 시민 계급이 붕괴하자 로마는 점차 군사력의 근간을 상실하고, 이는 제국의 영토 확장의 한계를 불러오고, 다시 노예 수급 문제를 일으키고, 대농장의 붕괴를 촉진합니다. 그리고 이는 도시의 물가 상승으로 이어져 빵과 서커스로 연명하던 로마 시민들을 분열시키고, 이 분열을 막기 위해 기독교를 탄압하기도, 반대로 국교로 받아들이기도 합니다. 로마가 어떻게 떠올랐다가 어떻게 가라앉았나를 유심히 살펴보면 영광의 메커니즘과 같은 방식으로 붕괴되었다는 게 흥미롭습니다. 정말 업業이라는 게 존재하는 걸까요?

유럽의 많은 나라가 왜 그토록 로마를 경외하고 동경했는지 이곳에 오면 알게 됩니다. 판테온, 콜로세움처럼 중세의 기술력으로 만들 수 없는 건축물이 버젓이 존재하고, 사실상 방치되어 있기도 하니까요. 어째서인지 로마인들이 썼던 콘크리트 제작 기술은 거

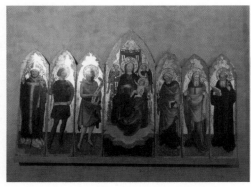

의 1,000년 동안이나 실전失傳돼 버리거든요.

어쨌거나 달리고 달려 도착한 로마에는 너무나 많은 유적이 있습니다. 대충 훑고 지나가도 다 못 볼 만큼 많죠. 3일이나 숙소를 잡고 부지런을 떨었음에도 주마간산走馬看山으로 훑어볼 뿐입니다. 모든 걸 봐야 할 이유는 없습니다. 그럴 생각도 없고요.

로마에서 흥미로운 건 아름답고 대단한 유적들보다—로마처럼 되고 싶어 했던 다른 나라의 열화판들을 많이 봐서인지 원본 자체에는 그 규모를 빼고는 감흥이 크질 않습니다—베네치아 광장에 있는 조국의 제단 같은 곳입니다. 전성기 로마의 건축양식을 20세기에 재현한 이 건물을 보고 있으면 이탈리아 파시즘이 어디서 왔는지 알 것 같기도 하거든요.

사실 파시즘과 이탈리아는 정말 어울리지 않습니다. 진짜 리버럴liberal한 국민들이거든요. 미국의 리버럴함은 약간 조증 같은 느낌이고, 프랑스의 경우 반골 기질에, 폼 잡기 위한 거라면 이곳 사람들은 타고난 리버럴함을 갖췄다고나 할까요. 운전 습관만 봐도 어떤 사람들인지 알 수 있습니다. 오죽하면 마키아벨리가 철혈 군주가 나타나 그놈의 용병 고용 그만하고, 도시마다 찢어져 멋대로 살지 말고, 통일 좀 하자고 책까지 썼을까요. 그런데 정말 통일이 된 후 파시즘이 제대로 발흥하죠. 한때 사회주의자이자 지적이고 온건한 편집장이었던 한 사내가 파시스트 독재자가 되는 과정은 제국주의와 자본주의의 어두운 면이 그대로 담겨 있다는 측면에서 마치 로마의 붕괴를 보는 것 같습니다. 이런 생각을 가지고 조국의 제단에 올라 로마의 전경을 바라보고 있자니, 이 장엄함이 참

169

▷► Roma, Italy

거북스럽게 느껴집니다.

로마 자체에 눈을 돌리면 주민들은 관광객과 에어비엔비에 밀리고 부동산 값 폭등으로 도심 밖으로 밀려났습니다. 그리고 상권 밖으로 조금만 나가면 낙후된 건물들이 눈에 띕니다. 버려진 유적지에서 아프리카 난민들이 텐트를 치고 사는 모습까지 보고 나면 정말이지 생각이 많아집니다. 그러니까 유럽이라는 사회가 직면한 문제가 총체적으로 모여 있는 곳이 로마가 아닐까 하는 생각이 절로 들거든요. 사실상 사회라는 게 무너져버린 아프리카에서 목숨 걸고 이탈리아반도를 가로질러 로마까지 온 난민들 생각을 하면 아득하기까지 합니다.

여전히 도시는 발굴 중이고, 과거의 영광을 확인하기 위해 많은 사람이 찾아옵니다. 그리고 유적들은 시간 속에서 다른 시간으로 서서히 풍화될 뿐이죠.

운 없는 도둑들

난민들이 문제라고요?

배를 타고 바리로 들어온 이후로 치안이 나쁘다는 건 어렴풋이 짐
작하고 있었습니다. 언젠가부터 사람들이 제 오토바이 가방을 뒤
지고 있었거든요. 제가 타고 다니는 오토바이 양쪽에는 방수 가방
이 하나씩 달려 있습니다. 대단한 물건을 넣어둔 건 아닙니다. 신
발 방수 커버, 구멍 난 우의, 오토바이 커버, 낡은 겨울용 장갑, 한
묶음의 케이블 타이, 쓰다 만 덕 테이프, 대충 다 합쳐서 우의를 제
외하고 구매 정가를 기준으로 채 5만 원이 안 되는 물건들이죠. 사
용한 물건들이기도 하고, 장물로 판다면 아마 정가의 5분의 1도
받지 못할 거라 훔쳐 가기에도 노동력이 아까울 정도의 물건들뿐
입니다. 아, 다들 잊고 있겠지만 독일 이후 비에 젖어 썩어가고 있
는 오토바이 신발도 함께 넣어두었네요.

숙소에서 출발하기 전 정비하기 위해 가방을 열어보면 이런 가
방 속 물건들의 위치가 바뀌어 있곤 했습니다. 누군가 뒤진 거죠.
그러나 뭐 크게 신경 쓰지 않았습니다. 하지만 너무 방심했던 모
양입니다. 로마에서 이틀째 되는 날, 오토바이 커버와 오토바이
신발을 제외하고 모든 물건이 없어진 겁니다. 어이가 없었고 믿기
지 않았습니다. 그런 값어치 없는 물건을 훔쳐 간다는 사실이 말
이죠. 저는 여행 중에 나름 유용하게 쓰긴 했지만, 솔직히 오토바
이에 두고 다녀도 될 만한 것들이었죠. 더 치안이 안 좋다고 소문

난 나폴리에서도 없던 일이었습니다.

더 충격적인 것은 가장 비싼 오토바이 신발은 그대로 남아 있다는 겁니다. 일주일 넘게 비에 불어터진 오토바이 신발은 아드리아해의 강렬한 햇볕으로 소독했지만 도둑이 보기에도 훔쳐가지 못할 물건이었던 거죠. 아! 신발을 새로 사야겠습니다. 다행히 이탈리아에서는 가장 유명한 오토바이 메이커 중 하나가 있는 나라답게 꽤 다양한 오토바이 용품을 비교적 합리적인 가격에 팔고 있거든요.

어쨌든 이런 생각을 하며 숙소로 들어가려는데 직원이 무슨 일이냐고 묻더군요. 누군가 오토바이 가방 안에 있던 물건을 훔쳐갔다고 답했더니 이렇게 말합니다.

"아, 난민들이 문제예요."

실은 직원이 발음한 '레퓨지refugee'라는 말의 뜻을 몰라 대충 답하고 숙소로 와서 검색해 봤습니다. 유적지에서 본 난민들이 떠올랐습니다. 그리고 문득 정말 그런지 궁금해졌습니다.

오토바이는 숙소 앞 노지 주차장에 주차되어 있었고, 제 방 창에서 아주 잘 보였죠. 저는 액션캠을 창가에 놓고 찍기 시작했습니다. 크로아티아에서 건너온 이후로 매일 가방을 뒤지는 사람이 있었으니 이번에도 있을 거라 확신하면서 말이죠. 사실 난민들에 대한 안 좋은 편견을 강화하는 경험들을 하긴 했습니다. 로마 관광지에서 팔찌를 강매하는 흑인들이나 무슨 무슨 캠페인에 서명을 유도하고 그 사이에 소매치기를 하는 사람들, 사진이나 그림을 강매하는 사람들, 그들 대부분은 백인이 아니었습니다. 물론 워낙 악명이 높았던지라 조심한 덕분에 이들에게 피해를 당하지는 않았습니다. 특별히 비결이 있는 건 아니고 이어폰을 끼고 빨리 걸으면 좀처럼 표적으로 삼지 않더군요.

난민들은 불법 체류자 신분으로 쉽게 정상적인 직업을 가질 수는 없을 테니 근거 없는 이야기는 아닐 겁니다. 하지만 상식적으로 제 숙소는 평범한 중산층이 거주하는 거리에 있고, 보지도 않고 가방을 뒤진 사람이 아프리카 난민이라고 속단하기는 어려웠습니다. 그러니 정말 누가 손대는지 보고 싶었죠.

밤새 액션캠으로 촬영한 후 다음 날 8배속으로 돌려 봤습니다. 예상대로 가방을 뒤진 사람이 있었고, 그 모습이 찍혔습니다. 결론부터 말하자면 가방을 열어본 것은 총 두 번이었습니다. 한 번은 자정 무렵 몰려다니던 다섯 명의 젊은이들, 또 한 번은 밤 9시 무렵 지나가던 노신사였습니다. 두 번 다 가방 구석구석 뒤져서 그냥 호기심에 열어본 것이 아니라 구체적인 목적이 있었던 게 분명해 보였고, 심지어 노신사는 한 번 뒤지고 갔다가 돌아와 다시 뒤졌습니다.

물론 훔칠 만한 물건은 없었던지라 모두 실망해 돌아갔습니다. 다만 두 번 다 확실히 의심할 여지없는 이탈리아 사람들이었습니다. 젊은이들은 누가 봐도 동네에서 좀 노는 친구들이었고, 노신사는 옷을 엄청 잘 차려입고 흰색 구두를 신은 멋쟁이라서 꽤 반전이었는데, 주위를 두리번거리며 오토바이 커버를 꺼낸 후 팔을 집어넣어 가방을 뒤지는 모습이 아주 잘 보이더군요. 슈트 상의 주머니에 꽂혀 있던 행거치프가 매우 인상적이었습니다.

아쉽다면, 조명이 가로등뿐이고 밤에 부감으로 찍은 거라 표정을 알 수 없다는 겁니다. 표정을 봤다면 무슨 생각으로 뒤졌는지 짐작할 수 있을 텐데 말이죠. 어쨌거나 난민은 아니었습니다.

이 일로 화가 나지는 않았습니다. 리버럴한 사람들 입장에서는 물건 관리 못 한 놈 잘못이라 생각하거나, 훔칠 수 있으니 훔칠 뿐이라고 생각할 수도 있으니까요. 상식이란 사회마다 다른 법이죠. 확실한 건 그들 모두 제가 한국에서 꽤 비싼 돈 주고 산 오토바이 신발을 마치 쓰레기 취급하듯 했다는 겁니다. 하하.

로마를 떠나기 직전에 드디어 새 신발을 샀습니다. 가죽으로 된 건 국내의 반값, 다른 건 3분의 2 가격이더군요. 싸서 좋았습니다. 그리고 이날 오토바이 용품 매장에서 이탈리아인 라이더에게 오토바이는 주차료를 낼 필요 없다는 이야기를 듣습니다. 아… 이제 이탈리아를 떠나는데…. 뭐, 그런 거죠.

그리고 다시 비 소식이 들립니다. 토스카나Toscana 지방에서 맛난 것 좀 먹고 유유자적하고 싶었지만, 이제 이 동네도 겨울로 접어들고 있습니다. 프랑스에 들렀다가 스페인으로 도망가야죠.

비 소식을 듣고 새 우의를 사야 한다는 걸 깨달았죠. 팔이 뜯어져 반쯤 누더기가 된 우의였지만 새로 사야 한다 생각하니 아쉽더군요. 덕 테이프로 보수하면 더 입을 수 있었거든요. '아! 그래서 둘 다 훔쳐간 건가?'

다시 비를 맞으며

결국 인생은 고기서 고기?

로마에서 출발하자마자 거짓말처럼 비가 오기 시작합니다. 로마에 머무는 동안은 계속 화창했는데 말이죠. 북해에서 내려온 저기압이 프랑스를 가로질러 이탈리아로 직격한 겁니다. 원래는 시에나Siena에 가서 토스카나 지방의 아름다운 풍광도 즐기고, 직접 향수를 만드는 프로그램에도 참여하고, 유명한 토스카나 와인도 즐길 예정이었으나 장대같이 쏟아지는 비 앞에서 만사가 다 부질없어집니다.

피렌체Firenze로 바로 갈까 했지만 그래도 시에나 대성당은 보고 싶어서 일단 내비게이션에 찍습니다.

달리는 내내 영혼까지 푹 적실 기세로 비가 오고 우비와 방수 신발 틈으로 물이 조금씩 들어오더니 푹 젖어 버립니다. 그래도 일주일 내내 비를 맞으며 아우토반을 달려야 했던 때를 생각하면 비 맞으며 국도를 달리는 것쯤은 아주 우습죠. 다만 아름답기로 유명한 토스카나의 풍광이 비 장막 너머 물안개에 반쯤 지워져서 전혀 풍광을 즐길 수 없습니다. 독일처럼 아우토반의 차선밖에 기억나지 않는 정도는 아니지만, 나름 기대를 가지고 온 동네라 아쉽기만 하네요. 이탈리아의 최대 곡창지대 중 하나였고, 중세에는 로마로 향하는 순례자들의 중간 기착지이자 향료 무역, 지중해 무역의 관문이었으며, 무엇보다 르네상스의 발상지였던 곳이기에 기대가 컸습니다. 또 달리면서 산 중턱에 위치한 전형적인 이탈리아 소도시들을 마음껏 즐길 예정이었으나, 비가 오네요.

그렇게 옴팡 젖어 시에나 대성당에 도착하고 보니 공사 중이라 문을 닫은 상태였습니다. 헐! 그래요, 여행 중에 흔히 일어나는 일입니다. 무언가 안 되는 순간은 하나부터 열까지 다 안 되죠. '비가 오더라도 향수는 만들 수 있는 거잖아' 하고 향수 제작 프로그램 홈페이지에 접속해서 보니 가능한 가장 빠른 날짜가 모레이고, 일기예보는 모레까지 계속 비가 온다고 알려줍니다.

어느 낯선 건물 처마 밑에서 숙소를 검색합니다. 그런데 모두 너무 비싼 겁니다. 시에나는 골목길마저 아름다운 진짜 멋진 도시이지만, 비가 이렇게 많이 와서는 돌아다닐 수 없을뿐더러 "울며 겨자 먹기"로 이틀 동안 비싼 숙소에서 지내는 수밖에 없습니다. 그래서 혹시나 싶어 피렌체에 있는 숙소를 검색해 보니 역 앞에 있는 호텔이 또 말도 안 되게 싼 겁니다. 심지어 피렌체는 한랭전선 위쪽에 있어서 비도 안 와요. 이탈리아에 가면 꼭 보고 싶었던 언덕의 도시 시에나지만, 이런 날씨에는 어쩔 수 없죠.

사진을 보면 비가 얼마 안 온 것 같겠지만, 주변부 윤곽선이 뿌옇게 나올 정도로 실은 비가 쫙쫙 긋고 있던 순간이었습니다. 너무 어두워 노출이 길어진 탓에 사진에는 비가 안 찍혔을 뿐이죠.

비를 맞으며 몇 시간을 달렸더니 몸이 오슬오슬 춥습니다. 시에나는 산이라 바람까지 거세게 붑니다. 몸을 말리고 싶다는 욕구가 너무 커서 결국 피렌체까지 달리기로 합니다. 여행 중에 못 보는 것들은 어쩔 수 없습니다. 기회가 된다면 언젠가 다시 보자, 생각

178

▶▶ Firenze, ItalyFirenze, Italy

하며 발길을 옮기는 수밖에요.

비 맞으며 산을 넘고 또 넘으니 멀리 평지가 보입니다. 피렌체에 도착하자 길이 막힙니다. 꽉 막힌 도로에서 차가 빠지길 기다리는 동안 날씨가 개기 시작합니다. 하지만 물 먹은 솜 같은 몸은 더더욱 처지더군요. 놀랍게도 싼 맛에 예약한 호텔은 이탈리아에서 묵은 숙소 중 가장 좋습니다. 오늘 하루치 불운에 대한 포상이라 생각하고 뜨거운 물로 샤워한 후 젖은 옷들을 라디에이터 위에 올려놓습니다.

밖으로 나가니 이미 사방이 깜깜하더군요. 상관없습니다. 피렌체 역 근처로 숙소를 잡은 이유는 하나니까요. 이곳에서 가장 유명한 스테이크 레스토랑이 고작 20미터 앞에 있거든요. 종일 비를 맞은 제게 필요한 건 1킬로그램의 비스테카 알라 피오렌티나 Bistecca alla fiorentina였으니까요. 이 요리는 우리에게는 '티본스테이크'라는 이름으로 더 잘 알려져 있죠. 이 요리는 뜻밖에 꽤 오래된 요리로, 르네상스 시절 메디치 가문이 축제 때 송아지를 잡아 여

행객들에게 대접했던 데서 유래했다고 합니다. 르네상스 시절의 요리를 다 맛보고, 영광 아닙니까! 더 좋은 점은 한국에서 십여 만 원은 할 이 요리가 나름 합리적인 가격이라는 겁니다. 여기에 토스카나의 싸구려 와인 키안티를 한잔 곁들이며 하루를 마칩니다. 인생, 고기서 고기 아니겠습니까?

돌아와 욕조에 누워 못 한 건 많지만 행복한 하루였다고 생각합니다. 어쨌든 좋은 숙소에, 맛난 저녁까지 먹었으니 말이죠. 네, 그런 거죠.

대성당이 왜 이렇게 생겼냐고요?

기능과 양식 사이에서

피렌체 두오모 성당에 도착했을 때 절 기다리고 있는 것은 성당으로 들어가기 위해 4열 종대로 도열하고 있는 중국인들이었습니다. 매표소에서는 오늘 표는 없다고 하더군요. 암표상들이 성당 앞에서 표를 팔고 있었지만, 전날 이미 한 번 김이 새버린 탓에 꼭 봐야 하나, 하는 마음이 들더군요. 벌써 석 달째 유럽의 도시를 떠돌다 보니 이젠 뭘 봐도 좀 시큰둥합니다.

　물론 두오모는 지금껏 본 어느 성당과도 비견할 수 없을 만큼 화려하고 아름다웠습니다. 그래서 더 보고 싶지 않았습니다. 원래 화려함이란 다소 과도한 디테일과 양식미에 기인한다는 걸 알고 있지만, 그럼에도 저에겐 다소 부담스러운 게 사실입니다. 제 취향은 좀 더 소박한 로마네스크Romanesque에 비잔티움Byzantium 건축양식을 두 스푼 정도 얹은 것 같은 발칸반도의 작은 성당들입니다. 성상聖像 숭배를 금지했던 그리스정교회의 촌스러운 작은 성당들은 정말 취향 저격이죠. 이 아름다운 성당에 별 감흥이 없다니, 슬슬 여행을 끝낼 때가 된 듯합니다. 뭐, 암표를 사서까지 보고 싶진 않았다고 해두죠.

　암표상을 앞에 두고 날씨 앱을 엽니다. 폭풍이 온다는데, 그게 좀 이상한 겁니다. '구름만 끼는데 폭풍이 온다고?' 이 의문에 대한 답은 다음 날 프랑스로 가는 고속도로에서 알게 됩니다. 이 이야기는 동시에 두오모 대성당에는 들어가지 않았다는 말이겠죠. 이때 제가 얼마나 시큰둥했는지, 나중에 사진을 보니 대성당의 닫힌 문만 찍었더군요.

참고로 유럽의 유명한 대성당을 여행하고 싶은 분들은 최소한 2주 전에 온라인으로 예약하길 권합니다. 러시아의 대성당들을 제외하면 대체로 그렇습니다. 아, 콜로세움처럼 이름 좀 들어본 유적들도 마찬가지고요. 저처럼 가서 '보면 보고 말면 말지' 하는 분들은 못 봅니다. 암표상에게 비싼 돈을 주고 들어갈 수도 있지만 말이죠. 어쨌든 오늘은 다 때려치우고 빨리 도망가기로 합니다.

대성당 앞에서 문짝 사진만 찍고 온 기념으로 건축양식에 대해 좀 설명을 해 보겠습니다.

자, 일단 건축양식이라는 걸 말할 때 어떤 건축물을 대상으로 하는지부터 알 필요가 있습니다. 건축양식은 큰 건물에는 적용하지만, 집이나 농가에는 이런 기준을 적용하지 않습니다. 즉, 성이나 대성당, 거대한 청사 같은 것들에 적용하죠. 우리가 주로 배우는 건축양식은 기념비적 건축물, 그러니까 큰 건물을 지을 때 안쪽 공간을 넓게 뽑으려면 어떻게 만들어야 하는가 하는 방법의 문제거든요.

그렇다면 큰 건물을 지을 때 어떤 문제가 있을까요? 첫째, 건물의 무게 자체가 문제가 됩니다. 지반이 감당할 수 있는 한도 내에서 지어야 하죠. 그리고 그 무게를 균등하게 바닥으로 배분하지 못하면 쏠려서 무너지고 말겠죠. 그렇다고 마냥 가볍게 만들 수도 없습니다. 바람에 날아가게 지을 수는 없잖아요.

넓은 공간을 뽑을 수 있는가, 하는 것도 문제입니다. 무게를 균등하게 배분해야 하는 문제는 작은 기둥들을 촘촘하게 세우면 쉽게 해결됩니다. 하지만 그러면 넓은 공간을 만들 수가 없습니다. 애써 크게 지었지만 공간이 자잘하게 쪼개지는 거죠. 사실 큰 건물을 지을 때 내부 공간까지 넓게 뽑는 가장 단순하고 안정적인 방법은 기둥을 아주 크고 넓게 만들어서 바깥쪽에 조밀하게 박는 겁니다. 네, 그리스 신전들이 그렇게 지어졌죠. 하지만 문제가 있습니다. 이 거대한 기둥을 세우는 게 여간 번거로운 게 아닙니다. 석회암과 대리석이 지천에 널려 있던 그리스에서는 비교적 수월했을 수 있지만, 어쨌든 비용과 시간 모두 만만치 않게 들죠.

또한 기본적으로 땅에 얹은 형태로 설계된 건축물인지라 지진에도 취약합니다. 오늘날 대부분의 신전에 기둥만 남아 있는 것도

이 때문이죠. 결정적으로 이렇게 만들면 공간을 생각보다 넓게 뽑지 못합니다. 작은 기둥을 조밀하게 박는 것보다는 넓게 나오지만, 기둥과 벽의 두께만큼 실평수가 빠지고, 벽 안쪽의 공간이 전부입니다. 들인 노력에 비해 수확은 적은 셈이죠.

물론 흰 대리석으로 지으면 아름답긴 하죠. 기둥도 큼지막하니 웅장하고, 특히나 정갈한 그 백색이란! 그래서 유럽에서 내내, 심지어 19세기 러시아 시절까지 그리스 양식에 취해 있었던 겁니다. 심지어 지금도 이런 과시적인 건축물을 재현하고 싶어 하는 학교들이 있죠. 철근 콘크리트로요. 실은 그리스인들은 흰색이 멋없다고 생각해 매우 알록달록하게 칠했던 건 비밀이지만 말입니다.

기본적으로 공돌이였던 로마인들은 이런 그리스 건축의 한계를 극복하기 위해 화산재와 석회, 바닷물과 골재를 섞어 만든 콘크리트라는 새로운 재료를 들여오죠. 더 이상 큰 건물을 짓기 위해 채석장에서 돌을 캐지 않아도 되게 된 겁니다. 그런데 문제가 하나 있네요. 콘크리트는 위에서 수직으로 내려오는 힘에 약하다는 겁니다. 위에서 뭔가 내리누르면 힘을 받는 방향으로 균열이 생겨요. 그래서 2층 이상의 건물을 짓기 힘들죠. 현대에 와서는 그 단점을 극복하기 위해 철근을 사용하지만, 문제는 로마 시절에는 철근을 뽑아내는 기술이 없었죠. 그래서 다른 방법을 찾아냅니다. 아치 말이에요. 네, 주로 교량에 쓰이는 둥근 아치요. 아치는 위에서 내려오는 힘을 분산시켜줄 뿐만 아니라 가벼워서 촘촘하게 배열하면 아주 웅장한 건축물도 지을 수 있습니다. 콜로세움처럼 말이죠.

▷▸ Firenze, Italy

이런 아치는 중세는 물론 근대 유럽의 건축물에서도 흔히 볼 수 있습니다. 성당 안팎에서 아치 모양의 벽 안에 성상이나 기념비 등을 장식해놓은 것을 쉽게 볼 수 있는데, 그 아치 또한 천장이나 지붕의 하중을 분산시키기 위해 사용한 거죠. 그저 장식용으로 꾸며놓은 게 아니라 실은 매우 기능적인 역할을 하고 있는 겁니다.

로마인들은 이 아치에서 아이디어를 하나 더 얻습니다. 아치를 사방으로 이어 붙이면 어떻게 될까요? 대표적으로 로마에 있는 판테온을 들 수 있는데, 그걸 기원전에 만든 겁니다. 아치를 잘만 이용하면 큰 건물에 요구되는 무게 분산과 넓은 공간 문제를 동시에 해결할 수 있습니다. 실평수를 제대로 뽑을 수 있는 거죠. 한때 세계의 수도였던 곳 아니랄까봐 이럽니다. 참고로 판테온은 성소피아대성당 건립 이전까지 500년간 세계 최대의 돔으로 군림하죠.

콘크리트는 수직으로 내려오는 힘 때문에 약해서 2층 이상 짓기 힘들다며, 그게 되냐고요? 네, 그래서 로마인들은 콘크리트에 말총을 넣어 사용했다고 하네요. 돔 하나를 만들기 위해 얼마나

많은 말의 갈기와 꼬리가 잘려나갔을까요?

이 일이 여의치 않았던지 이후 꽤 오랫동안 판테온 같은 돔은 나오지 않았다고 합니다. 콘크리트 기술이 오랜 세월 실전된 것처럼 돔을 만드는 기술도 유럽에서는 서로마 멸망과 함께 그 명맥이 끊깁니다. 물론 동로마에서는 비잔티움 양식이라는 이름으로 계속 이어져왔는데, 그 동네에는 제가 아직 가 보지 못한 관계로 비잔티움에 관한 설명은 하지 않겠습니다.

돔은 동로마 붕괴 이후 아랍권 건축물의 상징이라 할 수 있는 모스크의 둥근 지붕으로 발전하지만, 어쨌거나 이 두오모 대성당이 유럽인들에게 기념비적인 건 중세 내내 실전되었던 돔 제작 기술을 재현한 것이기 때문입니다. 동로마 멸망 이후에는 그 기술을 아랍에서 역수입해 돔과 비슷한 팔각지붕 형태로 구현하고, 피렌체뿐 아니라 로마, 세비야Sevilla 등에서 이 돔을 경쟁적으로 재현합니다. 당시 도시국가들이 난립했던 이탈리아에서 돔 형태의 성당을 갖고 있다는 건 무척 중요한 일이었거든요. 다 르네상스 시절 이야기이긴 하지만요.

그럼 로마가 망하고 중세 시절에는 거대한 건물을 어떻게 지었을까요? 사실 로마 스타일의 건축양식이 하나 더 있긴 했습니다. 콘크리트도 돔도 없이 기둥 대신 두꺼운 내력벽을 만드는 것이었습니다. 기둥의 역할을 두꺼운 벽이 하게 하면 실평수가 잘 빠질 것 같지 않나요? 여기엔 공학적으로 복잡한 돔도, 아치도 필요 없습니다. 그저 충분히 두꺼운 내력벽을 쌓은 후 대들보를 올리고 박공지붕을 얹으면 뚝딱 큰 건물 하나가 만들어지는 겁니다.

하지만 문제가 있습니다. 벽은 원형 기둥처럼 안정된 형태가 아니라서 힘을 받지 못하는 부분이 있을 수 있습니다. 당연히 얇은 쪽으로 힘을 받으면 벽 전체가 넘어지겠죠. 특히 벽을 높이 쌓을수록 잘 넘어집니다. 이 문제는 지지대를 쌓음으로써 해결합니다. 벽의 직각 방향으로 버트레스buttress를 쌓아올리는 거죠.

그러나 문제는 그것만이 아닙니다. 벽이 내력, 즉 지붕의 무게를 받게 되므로 벽에 구멍을 내는 건 정말 멍청한 짓이죠. 지금도 아파트 확장 공사할 때 내력벽을 건드는 건 불법이잖아요. 구조물의 안전을 위협하는 거니까요. 그래서 내력벽을 쌓으면 창을 크게 내지 못합니다. 그 결과 좁고 볼품없는 창을 내거나 창이 거의 없는 건물이 되죠. 내부 공간도 제법 확보하고 비용도 저렴하지만 어두침침한 수도원 같은 건물이 되는 겁니다. 이걸 로마네스크 양식이라고 부릅니다. 센스 있는 분들은 여기에 아치를 끼웠으면 벽을 좀 가볍게 할 수 있지 않을까 생각할 겁니다. 안에 기둥을 넣어서 하중을 분산시키면 벽을 더 얇게 만들 수도 있을 겁니다. 그럼 창을 좀 더 크게 만들 수 있지 않을까요?

그리고 이 기둥 배치와 지붕을 얹는 데 있어서 결정적인 발명이 이뤄지죠. 아치 두 개를 겹치고 그 가운데를 볼트로 고정해 천장의 하중을 분산시키는 겁니다. 그러면 기둥을 아주 높이 올려도 될 것 같아요. 그리고 벽의 상부는 힘을 안 받는 가볍고 장식을 넣을 수 있는 유리로 만들어 빛도 들어오게 하고요.

자! 고딕Gothic의 세계에 오신 걸 환영합니다.

물론 기둥으로만 벽에 가해지는 하중을 모두 분산시킬 수는 없

습니다. 결정적으로 교차하는 아치에 리벳을 박는 형태인 교차궁
룡交叉穹隆*은 대들보에 박공지붕을 얹는 것에 비교할 수 없을 정
도로 무겁거든요. 그래서 주기둥 옆에 하중 분산용 기둥이나 벽을
만들었고, 그게 대성당의 측랑側廊이 됩니다.

공학적으로는 로마네스크의 내력벽을 교차궁룡으로 대체한 것
이라 여전히 지지를 위한 버트레스가 필요하긴 했습니다. 벽도 뼈
대만 남겼는데, 로마네스크처럼 투박한 버트레스를 세우면 당연
히 빛이 들어오기 힘들기 때문이죠. 이 뼈대만 남긴 버트레스를
플라잉 버트레스Flying buttress, 비량飛梁이라고 합니다. 파리 노트르
담Notre Dame대성당은 창문 옆으로 생선 뼈 같은 사선의 기둥들이

* 궁룡(돌이나 벽돌 또는 콘크리트 아치로 둥글게 만든 천장)을 열십자 모양으로 교차하도록 한 것.

세워져 있는데, 그게 바로 비량입니다.

고딕 양식까지 왔네요.

하나 더, 긴 건물 앞으로 원형의 창이 있는 튀어나온 부분이 있는데, 건물의 교차궁륭이 한쪽으로만 세워져 있으면 아무래도 구조적으로 취약할 수밖에 없기 때문에 중심부에 건물의 세로 방향과 수직을 이루는 가로 방향의 구조물을 배치합니다. 이렇게 가로와 세로가 만나는 부분을 교차량이라고 하죠. 파리 노트르담대성당에는 교차량 부분에 첨탑이 있지만, 저기에 돔을 끼웠으면 네, 르네상스 시대의 대성당이 되는 겁니다. 바로 두오모 대성당처럼 말이죠.

어쨌거나 중세까지의 건축양식의 역사란, 실은 더 큰 건물을 적은 비용으로 넓게 뽑아내는 방법을 찾아가는 역사였다 해도 과언이 아닙니다. 이걸 이해한다면 각 건축양식에 관한 복잡한 설명도 꽤 재밌고, 건축물들도 다시 보이게 될 겁니다.

그나저나 잊고 있겠지만, 폭풍이 온답니다. 우피치Uffizi 미술관에도 가고, 베키오 궁전Palazzo Vecchio과 베키오 다리에도 가 봐야겠습니다만, 그보다 먼저 살아야 하지 않겠습니까? 그래서 일단 출발합니다. 여러 기대를 하며 찾아왔던 토스카나 지방은 제게 비와 티본스테이크와 성당 문짝 사진만을 남겼네요. 음… 생각해 봤는데 저 이제 집에 가고 싶은가 봅니다.

세계는 정말 평평한가?

진짜로?

우중충한 날씨지만 비는 오지 않습니다. 바다를 끼고 왕복 2차선 국도로 달리는 일은 좋은데, 좋지 않습니다. 아름다운 리구리아해 Ligurian Sea의 풍광은 좋지만 짠 바다 습기를 가득 머금은 바람은 춥습니다. 날씨가 이러니 바다가 더욱 검게 보이네요. 폭풍이 오긴 올 모양이지만, 피렌체에서 어슬렁거리다 출발이 늦어진 탓에 제노바Genova까지만 갈 수 있을 것 같습니다.

그런데 숙소를 검색해 보니 제노바의 방값이 살인적인 겁니다. 이날이 핼러윈 데이인 것과 무관하지 않겠죠. 그 돈을 주고 제노바에 묵어야 할 이유가 뭐가 있을까요? 제노바의 성, 광장, 등대? 아름다운 공원묘지가 있어서 거기에 가 보고 싶긴 하지만, 폭풍이 오는 이 날씨에 굳이 피렌체를 포기하고 무덤가를 배회하는 건 아무래도 아닌 것 같습니다. 그래서 가장 가까운 소도시의 숙소를 검색합니다. 어딘가로 사람이 몰린다면 어딘가는 빌 테니까요.

제노바 옆 사보나Savona에 깨끗하고 좋아 보이는데 가격까지 싼 숙소가 있길래 얼른 예약합니다. 국도라 속도를 내지 못하는 데다 제노바보다 더 먼 거리를 가야 하니 서둘러야죠. 그런데 아니나 다를까 제노바를 지날 무렵 뉘엿뉘엿 황혼이 드리우기 시작합니다. 야간 주행을 하고 싶지는 않은데 결국 밤에 달리게 되네요.

숙소는 사보나역으로 들어가는 초입, 큰 쇼핑몰 바로 옆에 붙어 있고, 제 방에서는 바다와 현대자동차 대리점이 보입니다. 어쨌거나 끝도 보이지 않는 쇼핑몰 주차장에 오토바이를 세우고 숙소에 짐을 부리고 나니 배가 고프더군요.

쇼핑몰은 크게 푸드코트와 전자기기 매장, 그리고 의류 매장 세 파트로 나뉘어 있는데, 놀랍도록 우리나라나 미국, 러시아의 쇼핑몰과 비슷합니다.

2000년대 초반, 토머스 프리드먼Thomas Friedman의 책이 날개 돋친 듯 팔렸죠.『렉서스와 올리브 나무The Lexus and the Olive Tree』,『세계는 평평하다The World is Flat』 같은 책 말이죠. 네, 오늘 주제는 세계화에 관한 것입니다.

토머스 프리드먼의 책은 여러 내용을 담고 있지만, 요약하면 신자유주의 기반의 세계화는 불가항력이고, 세계화로 인해 세상은 갈등은 줄어들고 더 평등하고 균일하게 변할 거란 내용이었죠. 그런데 어떤가요? 일단 더 평등한 곳으로 변한다는 신화는 신자유주의 거품이 꺼진 2008년 이후 끝나버렸죠. 낙수 따윈 없고, 빈부격차는 커졌으며, 자본의 평등이라는 신화는 자본의 배만 불려줄 뿐이죠. 그리고 맥도날드가 들어선 자유무역지대에서는 전쟁이 일어나지 않는다는 신화도 옛말이 되었죠.

그래도 세계 어딜 가나 쇼핑몰 풍경은 비슷합니다. 뉴욕이나 서울, 도쿄, 모스크바, 심지어 이곳 사보나까지 말이죠. 푸드코트에는 맥도날드 같은 프렌차이즈가 있고, 서울에서는 이제 추억이 된 미국 웨스턴 스타일의 패밀리 레스토랑 체인도 보입니다. 심지어 기계로 초밥을 빚는 회전초밥집도 있습니다. 초밥집에서는 비빔

밥도 팔고 있네요. 이탈리아 음식을 먹고 싶었는데, 파스타 코너를 빼고는 온통 국제적인 체인점들뿐입니다. 물론 밖으로 나가면 뭐라도 있겠죠. 하지만 시간은 이미 8시가 지났고, 피곤해 죽을 지경인지라 밖을 돌아다니고 싶지도 않습니다. 결국 아이러니하게도 이탈리아 사보나에서 타코를 먹습니다. 테이블 맞은편에서 디즈니 캐릭터가 그려진 티를 입은 아이가 의자에 앉아 다리를 흔들며 콜라를 마시고 있습니다. 그러고 보면 세계 어디든 삶의 모습은 참 균일한 것 같기도 합니다.

숙소에 돌아와 침대에 누워 생각합니다. '세계는 정말 평평한가?' 어떤 면에선 정말 그렇습니다. 전 세계 어느 도시에나 있는 할인마트나 쇼핑몰만 보면 말이죠. 차이라면 매대에서 쌀을 파는가 빵을 파는가, 라면을 파는가 파스타를 파는가 정도입니다. 동시에 19세기 성당 지붕을 슬레이트로 덮은 시베리아가 떠오릅니다. 진창과 진흙으로 된 비포장도로와 기차가 역에 멈출 때마다 할머니들이 머리에 이고 나온 바구니에 담기 음식을 팔던 모습도요. 그런 게 아니더라도 길을 달리며 도로 포장 수준과 관리 상태만 봐도 그 지역의 빈부를 가늠할 수 있습니다. 그러고 보면 세계는 생각보다 비탈이 심한 것 같습니다.

사실 이런 쇼핑몰 형태는 우리 세대에 처음 등장한 게 아닙니다. 발터 베냐민Walter Benjamin이 19세기 파리의 아케이드에 관해 지적한 이후 이내 아케이드는 전 세계 쇼핑몰의 표준이 됐죠. 그래서 모스크바의 굼ryм처럼 명품관으로 바뀐 아케이드도 있고, 일본 전국 각지의 시장처럼 대중화된 아케이드도 있죠. 이렇듯 아케이드는 지난 100년간 세계화된 동시에 현지화됐죠.

아이러니하게 모스크바의 굼은 지난 한 세기에 걸친 공산주의 시절이 없었다면 평범한 아케이드로 대중화되었다가 백화점, 쇼핑몰에 밀려 경쟁력을 잃었을 테지만, 반자본주의 시절 자본주의의 유적으로 동결되었다 깨어남으로써 오늘날 명품관의 지위를 차지하게 되었죠.

이런 걸 보면 참 재미있습니다. 발터 베냐민은 그의 책에서 '노동자는 어떻게 소비자로 재탄생되는가?', '자본주의는 꿈과 욕망을 원동력으로 쓰레기와 폐기물을 어떻게 양산하는가?'에 관한 놀라운 통찰을 보여주죠. 그런 측면에서 아케이드, 백화점, 쇼핑몰, 할인마트로 이어지는 일련의 흐름은 자본주의가 가장 하부구조까지 내면화되어 간 과정을 보여주는 듯도 합니다. 이게 세계화라면 또 세계화겠죠. 하지만 여기서 세상은 멈추지 않고 인터넷이라는 가상의 쇼핑몰을 만들어냅니다. 그리고 이제는 알고 있죠. 가상의 세계조차 결코 평평하지 않다는 사실을 말이죠. 자본주의의 욕망은 애초에 세계의 불균일성, 자본의 자기 탐욕, 그리고 개개인의 정체성까지 소비로 채울 수 있다는 꿈을 전제하고 있으니까요.

그래서 삶의 방식은 어떤 면에서는 유사하지만, 욕망은 세분화되고 더 복잡한 위계가 만들어집니다. 이런 사변적이고 복잡한 이야기가 아니어도 막상 오토바이를 타고 국경을 넘을 때마다 사람들, 풍경, 기후, 풍습은 물론 생활방식, 소득 수준도 다르다는 걸 알수 있습니다. 그리고 그 다른 환경에서 사람들은 당연히 자신에게 필요한 삶의 형태를 택해 살아갑니다. 물론 같은 나라 안에도 비탈은 존재합니다. 숙소 밖 저 지중해 건너편은 경사가 더 심하고요. 세계화가 이런 경사를 없애줄 거라는 건 지나친 낙관이죠. 『국부론』에서 말했듯 시장의 원동력은 개개인의 욕망이고, 이 욕망은 평평함이 아니라 비탈 꼭대기 더 높은 봉우리 위에 서고 싶다는 것인걸요. 좀 더 상호의존적으로 살아가는 편이 더 평화롭게 살아갈 가능성을 높인다는 주장은 사실일 테지만 말입니다.

자고 일어나니 먹구름이 더 몰려와 있습니다. TV 뉴스에선 비바람이 몰아치는 피렌체에 관해 전합니다. 이탈리아 북부 어딘가에선 호우로 산사태까지 났답니다. 어쨌든 잘 도망쳐온 듯하지만, 남프랑스까지 폭풍이 이동할 모양입니다. 또 모처럼 폭풍과 함께 달리겠군요. 지금 당장은 평평한 세상보다는 폭풍부터 걱정해야 할 것 같습니다.

폭풍 속의 라이더

다시 고속도로 위에서

밖으로 나오니 구름 속에서 햇살이 나타났다 사라지기를 반복합니다. 폭풍이 올 거라고 했는데 비껴갈 모양이라며 기쁜 마음으로 출발합니다. 한동안 쭉 고속도로를 피해왔지만, 오늘은 고속도로를 탈 예정입니다. 프랑스 국경을 넘어야 하거든요.

대부분 국가의 고속도로에서는 오토바이 주행이 가능합니다. 오토바이 문화 때문에 한국에선 안 된다 어쩐다 하지만, 실은 이른바 선진국의 이륜차 문화도 썩 좋다고 할 수는 없습니다. 특히 유럽의 오래된 도시들은 길도 좁고, 사실상 주차 공간이 없는지라 스쿠터족이 엄청나게 많습니다. 그리고 이들의 주행 감각은 우리나라 배달 오토바이에 뒤지지 않습니다. 헬멧 미착용은 기본이고, 교차로에서의 차선 변경, 급작스러운 끼어들기 등등 스쿠터가 보여줄 수 있는 위험 주행의 표본을 보여주는 듯하죠. 아, 이탈리아 살레르노에서 소렌토로 가는 길에서 많이 봤네요.

그럼에도 우리나라보다 교통사고 사망자가 압도적으로 적은 이유는 뭘까요? 사실 오토바이 사고 사망자만 적은 게 아닙니다. 교통사고로 인한 보행자 사망자 수도 압도적으로 적죠. 보행자들이 법을 잘 지켜서 그런 걸까요? 실은 여기서는 도심에 들어가면 차, 오토바이 가리지 않고 보통 규정 속도를 준수합니다. 평소에도 법을 잘 지키는 사람들이어서가 아니라 보행자들이 언제든 불쑥 도로로 들어올 수 있기 때문이죠. 이곳에는 무단횡단이라는 개념이 없으니까요. 유럽, 특히 서유럽의 도시들은 기본적으로 도로에서 사람들의 보행권을 보장합니다. 모든 도로는 원칙적으로 보행자를 위한 것이었고, 차가 나중에 생겨난 거잖아요. 원래 보행자나 이륜차, 우마가 다니던 길에 나중에 위협적인 교통수단인 자동차가 새로 나타난 거죠. 따라서 보행자가 양보할 이유가 없는 겁니다. 오히려 자동차에 이른바 교통 약자를 보호할 의무가 있죠.

사실 무단횡단이라는 개념은 20세기 초 미국의 자동차업체들이 차량 판매 증대를 위한 마케팅 수단으로 사법계에 로비를 하면서 생겨난 것입니다. 그래서 도시도 자동차 중심으로 설계되고, 보행자의 보행권보다 자동차의 주행권을 보장하는 방향으로 법을 고치면서 보행자들은 도로의 언저리, 인도로 밀려나게 된 겁니다. 물론 독일처럼 무단횡단을 불법으로 규정하는 나라도 있습니다. 그리고 20세기 중반에는 많은 유럽 국가에서 미국이나 독일을 따라 법을 바꾸죠. 하지만 보행자의 보행권을 강하게 보장하는 쪽이 오히려 교통사고 사망률을 줄인다는 통계가 집계된 20세기 후반, 21세기 초 이후 많은 나라에서 다시 보행자의 보행권을 더 강하게 보장하는 쪽으로 바꿨습니다. 그리고 실제로 그 편이 사망 사고를 크게 줄이기도 했고요. 최근 우리나라 도심에서 속도제한을 강화하는 것도 이런 유럽의 영향을 받은 겁니다.

그래서 유럽의 도심에 들어가면 보행자들이 인도로 걷고만 있어도 차들은 속도를 줄입니다. 보행자가 언제 갑자기 도로를 건널지 모르니까요. 자동차 운전자에게 전방 주시 의무를 더 강하게 요구하고, 도심 내 속도제한도 더 엄격하게 적용하는 거죠.

오토바이 사망자가 적은 이유도 비슷합니다. 더 강하고 안전한 쪽에 책임을 크게 묻기 때문이죠. 심지어 유럽에선 자전거가 왕복 2차선 중 한 차로를 막고 있어도 옆 차선으로 추월할 수 있는 상황이 될 때까지 자동차들은 자전거 뒤를 열을 지어 천천히 따라갑니다. 우리나라라면 경적을 울려대고 욕을 하고 난리일 텐데요. 인적 없는 교외 국도에서 차가 밀린다 싶으면 예외 없이 자전거로 유럽을 횡단하는 여행자들 때문입니다. 그럴 땐 자전거에게도 도로 주행권이 있으니 차가 알아서 조심해서 달리는 수밖에 없습니다.

아, 물론 그렇다고 유럽 여행 가서 막 무단횡단 하진 마세요. 유럽에도 운전대만 잡으면 절제가 안 되는 미친놈이 많고, 법적으로는 운전자 책임이 클지라도 다치는 건 내 몸이며, 법적 책임은 없더라도 운전자에게 욕을 먹을 수는 있거든요.

하여간 해외 대부분의 국가에서는 고속도로에서도 오토바이가 달릴 수 있는데, 제 경우에는 고속도로를 잘 이용하지 않습니다. 유료 도로가 대부분이라 그렇기도 하고, 주행풍 때문이기도 하죠. 경치 좋은 국도의 구불구불한 길을 천천히 달리는 게 오토바이 주행의 즐거움이라면 즐거움인데, 시속 100킬로미터의 역풍을 맞으며 몇 시간씩 직진만 하는 게 결코 즐거울 리 없죠. 그러나 오늘은 고속도로를 달립니다. 프랑스까지 국도로는 8시간, 고속도로로는 4시간 걸리거든요. 당연히 4시간 걸리는 길을 택한 거죠. 게다가 날씨는 *끄물끄물*하고 폭풍도 온다잖아요.

고속도로에는 차가 제법 많습니다. 그리고 오늘따라 유난히 주행풍이 심합니다. 어느 정도냐 하면, 누군가 오토바이 헬멧을 발로 걷어차는 기분입니다. 이건 아우토반에서 시속 150킬로미터 이상으로 달릴 때도 느끼지 못한 거라 당황스럽더군요.

헬멧을 잘못 쓴 건가 싶어 휴게소에 들러 다시 써야겠다고 생각하다가 헬멧이 문제가 아니라는 걸 깨닫습니다. 옆 차선에서 나란히 달리던 컨테이너 트럭이 바람에 밀려 휘청거리며 가드레일에 부딪힐 뻔했거든요. 네, 비만 오지 않을 뿐 폭풍이 몰아치고 있었던 겁니다. 늘 폭풍이 비를 동반하는 나라 출신인 제게는 신기한 일입니다만, 폭풍이 폭풍인 건 바람 때문이지 비 때문이 아니었던 겁니다. 비가 없는 폭풍도 충분히 있을 수 있는데 그걸 미처 몰랐던 거죠. 실제로 바람이 얼마나 심한지 달리는 오토바이가 옆으로 밀립니다. 식은땀이 흐르고 입술이 바짝 마르네요. 특히나 이탈리아에서 프랑스로 넘어가는 바닷가 절벽과 계곡을 가로지르는 고가도로 구간은 계곡을 따라 불어온 폭풍의 공격을 제대로 받습니다.

일단은 휴게소로 대피합니다. 카푸치노에 크루아상을 먹으면서 『레 미제라블Les Misérables』의 주인공 장발장이 수감됐던 감옥이 있던 도시, 툴롱Toulon까지 달리려던 계획을 접습니다. 지금 제 상황이 바로 '레 미제라블*'인걸요. 그래도 오늘 이탈리아는 벗어나고 싶어서 모나코Monaco나 니스Nice로 빠질까 했지만, 두 도시 모두 살인적인 숙박비를 자랑하네요. 그래서 그다음으로 가까운 도시 칸Cannes에서 찾아봅니다. 네, 칸 영화제가 열리는 그 칸이요. 여기

---

* 프랑스어로 '불운한 사람들', '가난한 사람들'이라는 뜻.

도 호텔은 비쌉니다만, 에어비엔비에 뜻밖에 큰 방이 완전 헐값에 나와 있네요. 그래서 얼른 예약하고 다시 출발합니다.

바람은 더욱 거세져서 누군가 제 오토바이 뒷자리에 올라타 계속 머리에 사커 킥을 날리는 기분입니다. 앞을 제대로 보려면 흔들리는 헬멧의 턱 부분을 한 번씩 추켜올려야 할 정도입니다. 트레일러가 휘청거리고 트럭도 밀리고 제 오토바이도 밀립니다. 체온도 떨어져서 휴게소에서 마신 카푸치노가 배 속에서 더위사냥이 됐을 것 같네요.

언뜻언뜻 보이는 국경의 바다에서는 검은 먼 바다에서부터 파도가 흰 포말을 일으키며 밀려옵니다. 그걸 보니 진짜 폭풍이 불고 있는 걸 실감할 수 있겠더군요.

도착한 칸의 숙소는 언덕 위 부자 동네에 있는 별장의 별채 건물입니다. 3층짜리 건물에 오늘은 저 혼자뿐인 모양입니다. 불 꺼진 복도를 가로질러 방에 도착하고 보니 때마침 창밖으로 폭우가 쏟아지는 게 보입니다. 도로에서 비를 맞지 않은 게 다행이겠죠?

짐을 풀고 나니 온몸이 쑤시네요. 살기 위해 덜덜 떨면서 샤워부터 합니다.

폭우가 지나간 칸의 하늘에서는 서서히 먹구름이 걷힙니다. 미칠 듯 불던 바람도 좀 잠잠해졌습니다. 폭풍은 몸살 기운만 남겨두고 지나간 모양입니다.

식사를 하기 위해 밖으로 나가다가 길거리 가로수 밑에 쌓여 있는 개똥 무더기를 발견합니다. 프랑스에 왔다는 사실이 실감 나네요. 네, 유럽 길거리 중에서도 압도적으로 더러운 곳이 바로 프랑

▷▷ **Cannes, France**

스이고, 그중에서도 파리를 빼놓을 수 없죠. 일본인들 사이에서는 특히 악명이 높은데, '파리 신드롬'이라는 질환을 앓을 정도랍니다. 패션과 미식의 성지라는 판타지를 가지고 파리를 방문했던 사람이 그곳에서 이상과 현실 사이의 괴리를 극복하지 못하고 극심한 스트레스나 우울감을 느끼는 증상을 말한다죠. 네, 그만큼 더럽습니다. 에펠탑이 보이는 그랑팔레Grand Palais 박물관 앞 잔디밭에는 고양이만 한 쥐가 돌아다니고, 지하철에서는 지린내가 나고, 승강장 아래엔 누군가 똥을 싸 놓았고, 뒷골목 담벼락에는 오줌 자국이 남아 있으며, 골목길 여기저기에는 보란 듯 개똥이 널려 있습니다. 솔직히 처음 파리에 갔을 때, 1980년대 초 한국 주택가 골목길 이후 그렇게 더러운 곳은 참 오랜만이라 반갑기까지 하더군요.

그런데 사실 잘 보면 모든 곳이 더러운 건 아닙니다. 구역별로 소득에 따라 차이가 있고, 구시가로 갈수록 더 더럽습니다. 특히 오래된 대학과 성당이 밀집한 동네는 더하고요. 그래도 새벽이면 주요 도로나 구역은 고압 살수차가 돌아다니면서 벽의 오줌 자국이나 개똥을 없애려고 노력합니다. 채 반나절도 안 돼 다시 더러워진다는 게 문제지만요.

파리가 더럽다는 악명은 어쩌면 이곳이 패션의 나라이기에 더욱 두드러지는 게 아닐까 싶기도 합니다. 확실히 이곳 사람들은 옷을 잘 입어요. 건물들도 다 멋있고요. 이탈리아가 다소 과하다는 인상이었다면 프랑스는 그 선을 넘지 않습니다. 그런 사람들이 이 모양으로 산다는 걸 일본 사람들은 납득하기 힘든 모양입니다.

아무튼 늦은 밤 파리 상공을 나는 비행기 안에서 볼 수 있는 에펠탑의 불빛이라든가, 이제는 불에 타 재건 중인 노트르담대성당이라든가, 멋진 조경이 인상적인 루브르Louvre 앞 공원이라든가, 멀리서 보면 정말 아름다운 것들이 셀 수 없이 많지만, 그것만 보고 걷다가는 가로수 옆에 잔뜩 싸 놓은 개똥을 밟을 수도 있는 곳이 바로 이 나라라는 걸 칸에서도 똑같이 확인합니다. 원래 부자 동네에서도 개똥을 치우지 않는 것인지, 지금이 부자들이 집을 비운 비수기여서인지 알 수 없지만 말입니다.

언덕을 내려가 번화가를 가로질러 명품관이 있는 바닷가 근처 상가 앞을 지납니다. 제 생애 올 일 없는 도시라고 생각했는데, 이렇게 와 보는군요.

폭풍도 다 지나갔는지 바람은 잦아들고 흐린 하늘 사이로 태양도 보입니다. 그런데 종일 바람을 맞은 탓인지 몸이 좋질 않네요.

숙소로 돌아오는 길에 와인 한 병과 바게트에 치즈와 햄만 달랑 들어 있는 잠봉뵈르 샌드위치를 삽니다. 그리고 200년 전쯤 이 도시가 귀족들의 휴양지였던 시절, 아마 하인들의 숙소로 쓰였을 것 같은 방에서 창밖의 정원을 바라보며 와인을 마십니다. 음… 확실히 몸이 아플 것 같다고 예감하면서 말이죠.

현실이 아닌 줄 알았던 리얼리티

뜻밖의 현실

새소리에 눈을 뜹니다. 아플 것 같은 느낌적인 느낌, 찌뿌둥한 느낌은 여전하지만 아직 아프진 않습니다. 정원 쪽으로 나 있는 낡은 창문을 열며 여기가 부자 동네고, 지금 이 건물에 나 혼자 있다는 사실을 다시 떠올립니다. 에어비앤비가 점령한, 관광객이 많이 찾는 곳이면 세계 어디나 비슷합니다. 크로아티아에서도, 이탈리아에서도, 독일의 몇몇 관광도시에서도 마찬가지였습니다. 그리하여 동네 상점 대부분이 이런 비수기에는 문을 닫고, 비수기 평일에 숙소를 빌리면 무려 건물 전체를 혼자 쓰게 되는 겁니다.

베흐동Verdon 자연공원부터 엑상프로방스Aix-en-Provence 일대의 남프랑스 지방도는 아름다운 풍광으로 유명하다고 합니다. 하지만 어느새 11월로 접어든 이곳 날씨는 그리 좋지 않습니다. 폭풍이 지나간 후에도 날씨는 *끄물끄물*합니다. 그리고 EU로 넘어온 지도 어느새 두 달이 지나 석 달이 다 돼 가고 있었죠. 셍겐조약Schengen Agreement*을 맺지 않은 나라로 나가거나 집으로 돌아가야 할 시기가 다가오고 있는 겁니다.

원래는 베흐동과 류베홍Luberon 자연공원의 산길을 가로질러 아비뇽Avignon에 들른 후 리옹Lyon을 거쳐 파리, 네덜란드로 가려고

---

* 유럽연합 회원국 간의 자유로운 통행을 규정하는 조약.

했는데, 몸 상태를 보니 확실히 무리일 듯하고, 한 도시에서 좀 오래 쉬고 싶었습니다. 그게 파리가 될 거라 생각했는데, 날씨를 보니 남쪽으로 가야 할 것 같습니다. 다행히 바르셀로나Barcelona와 발렌시아Valencia에는 오토바이를 선적해주는 해운 회사들이 있습니다. 이참에 바르셀로나에 가서 며칠 쉬면 되겠다 싶습니다. 그리고 오토바이를 배에 실어 보낸 후 파리로 가서 비셍겐조약 국가인 영국으로 넘어가는 정도의 계획을 세워 봅니다. 계획 없이 다닌 여행인데 집에 갈 때가 되니 계획이라는 걸 세우는군요.

몸이 좋지 않아 오늘은 멀리 달리지 않기로 하고 목적지를 마르세유Marseille로 잡습니다. 그래서 가볍게 바다를 따라 지방도로 달리고자 계산해 보니 5시간을 가야 하네요. '엉? 왜?' 직선거리로는 170킬로미터 남짓하지만 바다를 따라 달리면 230킬로미터로 늘고, 지방도라 속도제한까지 있습니다. 주행풍에는 어제 충분히 시달렸으니 오늘은 조금 늦게 도착하더라도 천천히 달리기로 합니다. 그렇게 달린 남프랑스 지방도의 풍광은 생각보다 시시하네요. 하긴, 내내 절경으로 유명한 동네를 돌다 왔으니 그럴 법도 하죠. 더구나 바닷가 쪽 도로지만 대부분 바다와 나란히 가는 길이지 바다가 보이는 길은 아닙니다. 그래도 날씨가 맑게 개면서 언뜻언뜻 보이는 푸른 하늘과 바다는 어제와 달리 가을 느낌을 풍깁니다.

중간에 아침 겸 점심 식사를 하기 위해 들른 맥도날드에서는 크로와상과 와인, 맥주를 팔고 있더군요. 쇼핑몰과 여러 학교와 인접한 맥도날드는 어마어마한 매장 크기에도 학생들로 가득해 앉을 자리를 찾기 힘들더군요. 비타민이 필요할 것 같아서 풀떼기

가득한 샐러드와 카푸치노를 시켜 먹고 일어났는데, 몇몇 학생이 제 오토바이 앞에서 말싸움을 하고 있더군요. 아마도 번호판을 놓고 어디에서 온 건가 논쟁을 벌이고 있는 것 같았습니다. 소설이라면 무슨 일인가가 일어날 것 같은 긴장감이 순간 흘렀겠으나 유감스럽게도 저는 불어를 모르고, 그 친구들은 영어나 한국어를 모르는지라 그냥 별일 없이 오토바이를 타고 출발했습니다.

생각보다 늦게, 일몰이 뉘엿뉘엿할 무렵 마르세유에 도착했습니다. 프랑스 제2의 도시답게 꽤 크더군요. 포구에 위치한 숙소까지는 어두침침한 거리를 한참이나 달려가야 했습니다. 그러니까 사람은 사는데 행인은 없고, 공공시설물은 파손되어 있으며, 그라피티가 여기저기 좀 과도하다 싶을 정도로 그려져 있고, 덩치 좋은 친구들이 몰려다니는 그런 동네입니다. 남부 이탈리아에서 느꼈던 그런 느낌적인 느낌이 싸하게 오더군요. 나중에 알고 보니 그 거리는 프랑스에서 최악의 치안을 자랑하는 동네였습니다. 1930년대 말부터 1970년대 초까지 존재했던 '프렌치 커넥션French

▷▸ Marseille, France

Connection'이라는 이름의 마약 밀수 루트가 바로 그곳이었다는군요. 물론 다 옛일이고, 지금도 조직범죄단이 존재하기는 하지만 그들도 관광객을 대상으로 할 정도로 멍청하진 않아서 마르세유 주요 관광지의 치안은 우려할 정도는 아니라고 합니다. 실제로 다음날 둘러본 포구 인근은 사람도 많고 프랑스라는 게 믿기지 않을 정도로 깔끔하더군요. 미술관이나 박물관도 현대적이고요. 단지 포구 밖은… 밤늦게 돌아다녀선 안 될 것 같습니다. 통계가 보여주는 범죄율은 어쨌든 위험한 동네라고 말해주니까요. 뭐, 전 몸이 좋지 않았던지라 숙소에 도착하자마자 쓰러졌지만 말입니다.

그냥 떠나기 아쉬워서 아침 일찍 일어나 포구를 한 바퀴 돌아봅니다. 바다가 보이는 마르세유 애플 스토어에 들러 무선으로 내비게이션 음성을 듣고 싶다는 핑계로 이제 막 나온 에어팟 프로도 사고, 이것저것 구경합니다.

가장 인상적이었던 건 끝이 보이지 않는 줄이었습니다. 다양한 인종과 다양한 복장의 사람들이 손에 서류 뭉치를 든 채 줄을 서 있었습니다. 무슨 줄인가 해서 거슬러 올라갔더니 은행이 나왔는데, 은행 출입구에 처음 보는 불어 단어와 함께 영어로 'loan'이라고 적혀 있더군요. 대출을 받으려는 사람들의 줄이었던 겁니다. 서양 영화에서 대출받기 위해 온종일 은행 앞에 줄 서 있는 장면이 종종 나옵니다. 볼 때마다 저는 '저 나라엔 번호표도 없나? 설마 실제로 저러진 않겠지?' 생각했는데 정말로, 레알, 실제로 그랬던 겁니다. 뜻밖에도 영화에 리얼리티가 담겨 있었던 거죠. 그래요, 리얼리티라는 건 뜻밖에, 혹은 당연하게도 그다지 보편적이지 않은 것이죠. 국소적이고 지엽적이며 한시적인 사실성을 가지고 있는 것이었던 겁니다. 저는 경험주의자는 아닙니다만, 마르세유의 한 은행에서 깨달았죠. 현실이란 늘 내가 생각하는 것 이상으로 다양할 수 있다는 걸 말입니다.

그나저나 날은 좋지만, 확실히 몸살 기운이 있습니다. 콧물을 줄줄 흘리며 호텔 체크아웃 시간에 맞춰 숙소로 돌아가 다시 다른 도시로 떠날 준비를 합니다. 컨디션은 엉망이지만 그래도 가는 데까지는 가봐야죠.

▷▶ Marseille, France

뜻밖의 재난과 뜻밖의 도움

아스피린은 옳다

마르세유에 온 김에 『몬테크리스토 백작』에 나온 교도소, 샤토 디
프Château d'If에 가 보고 싶었지만, 이미 뇌에 바르셀로나에 가면 쉴
수 있다고 입력된 상태라 한국인답게 쉬지 않고 앞으로 가기로 합
니다. 몸 상태는 사뿐히 무시하고요. 나쁜 컨디션도 지극히 평범
한 나쁜 상태가 되어버린 겁니다.

날씨는 화창하지만 바람은 매섭습니다. 유난히 푸른 바다를 뒤
로 하고 조금 달리자 호수가 나타납니다. 멀리 호수 반대편 기슭
이 희미하게 보이지 않았다면 바다라고 착각할 만큼 거대한 호수
입니다. 실제로 매서운 바람 덕분인지 파도까지 칩니다. 푸른 하
늘에 더 푸른 호수… 여름 풍경 같지만 기온은 영상 10도입니다.

호수를 지나치자 거대한 갈대숲이 나타납니다. 사방 어디를 둘
러봐도 키보다 높게 자란 갈대밖에 보이지 않습니다. 남다른 갈대
사이즈에 감탄하며 가다 보니 론Rhône강 하구에 다다릅니다. 어려
서 읽은 프랑스 소설에서 론강 하구에 시신을 버리는 장면이 나왔
는데, 여기에 뭔가 버리면 정말 못 찾겠다는 생각이 절로 듭니다.
갈대숲 사이로 크고 작은 하구호河口湖들이 빼꼼히 고개를 내밀었
다 사라집니다. 이름 모를 새들과 벌레 떼도 만났는데, 벌레들은
또 오토바이 재킷에 속절없이 얼룩무늬를 남기며 죽어버립니다.

이때부터였을 겁니다. 척추를 따라 한기가 느껴지기 시작한 건.

하지만 일단 달립니다. '바르셀로나에 가서 실컷 쉬는 거야'라고 생각하면서 말이죠. 빈센트 반 고흐가 머물며 그림을 그렸던 작고 아름다운 도시 아를Arles도, 역시나 갈대가 무성한 론강 하구의 또다른 삼각지 카마르그Camargue 자연공원도 그냥 지나칩니다.

차가 별로 다니지 않아 갈대가 무성한 길을 혼자 달리는 기분은 비현실적이다 못해 몽환적이기까지 합니다. 갈대밭을 지나고 나면 또 다른 갈대로 된 벽이 눈앞에 끝없이 펼쳐져 마치 세상에 저와 갈대만 남은 것 같은 느낌마저 듭니다. 이 몽환적인 느낌이 심상치 않다는 걸 깨달은 건 하구를 벗어나 다시 평범한 남프랑스 농지가 펼쳐지는 길을 달리면서였습니다. 몽환적인 느낌이 사라지지 않는 겁니다. 그리고 척추를 따라 내려오던 한기가 어깨와 엉덩이로 번져 팔이 빠질 듯이 아픕니다. 몽펠리에Montpellier 인근의 휴게소에서 아침 겸 점심 겸 저녁을 먹으며 숙소를 검색하다 손으로 이마를 짚어보고는 열이 있다는 걸 깨닫습니다. 몽환적인 느낌이 든 건 열에 들떠서였던 겁니다. 그러고 보니 커피를 마실 때마다 혓바늘 돋은 혀와 부은 편도가 아프네요. 근육통이 심한 걸로 봐선 몸살이 난 게 틀림없습니다. 크로아티아 도로에서 미끄러진 후 내내 의지하고 있던 아스피린을 한 알 입안에 넣습니다.

몽펠리에는 무슨 일인지 숙소 예약률이 90퍼센트 가까이 됩니다. 비싼 방밖에 없네요. 아픈 몸을 핑계로 비싼 방이라도 잡을까 했지만, 4성급, 5성급 호텔의 스위트룸들입니다. 아, 더구나 몽펠리에 시내로 들어가야 합니다. 이 몸으로 가다 서기를 반복해야 하는 시내로 들어가고 싶진 않습니다. 그래서 가장 싸고 가장 빨리 도착할 수 있는 숙소를 찾다가 이웃 도시 베지에Beziers 외곽에 있는 비즈니스 호텔을 예약합니다. 거리는 훨씬 멀지만 도착 시간을 보니 몽펠리에 시내에 있는 숙소에 도착하는 시간과 비슷합니다. 돈 때문이기도 하지만, 바르셀로나와 조금이라도 더 가깝다는 데 의미를 부여하면서 베지에까지 달립니다. 아스피린 덕분인지 근육통이 더 번지지는 않네요.

외곽에 있는 숙소에 도착하고 보니 호텔은 출장 다니는 사람들에게 철저하게 맞춘, 무인텔과 미국식 모텔의 중간쯤 되는 곳으로 비즈니스 호텔이라 부르기엔 민망한 모양새를 하고 있습니다. 주변에 있는 것이라곤 자동차정비소와 대형마트, 물류창고뿐이고요. 어디든 땅값이 비싼 우리나라와 달리 이 동네 도시들은 시 외곽에 이런 시설들이 모여 있습니다. 그리고 이런 곳은 보행자를 위한 인도도 제대로 없을 정도로 자동차 중심으로 설계돼 있죠.

호텔 입구에 있는 창고형 아시안 식자재 마트에서 컵라면을 사서 숙소로 들어옵니다. 그리고 난방기를 가장 높은 온도로 올린 후 뜨거운 물로 샤워하고, 신라면인지 새우탕면인지 기억나지 않는 컵라면으로 저녁을 때운 후 마지막 아스피린을 먹고 기절합니다.

저녁 7시에 잠들었는데 일어나 보니 아침 9시입니다. 중간중간 몇 번인가 눈을 떠 물을 마신 것을 빼면 시체처럼 잠들었던 밤입니다. 아직 편도가 따끔거리기는 하지만, 근육통은 사라졌습니다. 이 모든 영광을 아스피린에 돌려야 할 듯합니다.

되살아난 저는 호텔에서 아침 식사로 제공하는 크루아상과 커피를 먹고 기분 좋게 주차장으로 나옵니다. 그런데 오토바이가 자빠져 있네요. 저게 저절로 자빠졌을 리는 없고, 누군가 주차하며 차로 밀친 거겠죠. 문제는 기어 옆 페달이 부러졌다는 겁니다. 호텔 카운터로 가 이 문제를 항의하고 CCTV를 보여달라고 하니 경찰 입회하에 보여줄 수 있다며 경찰을 부를지 묻습니다. 아, 프랑스 경찰의 일 처리 솜씨는 명성이 자자해 저도 익히 알고 있는지라 경찰을 부르면 오늘 내로 제가 이 도시를 떠나지 못할 거라는 예감이 듭니다. 러시아를 떠나며 가입한 보험으로 처리할 수도 있지만, 수리비 5, 6만 원 아끼자고 경찰 부르고 보험회사 부르면 적어도 이틀은 걸릴 거라는 생각도 들더군요. 결국 우리말로 욕을 한 사발 거하게 퍼붓고 호텔 바로 옆에 있는 르노자동차 수리센터로 갑니다. 사방이 정비소인 것 하나는 좋네요.

고치는 법은 간단합니다. 텐덤시트에 있는 멀쩡한 페달을 빼서 부러진 기어 옆 페달과 교체하면 됩니다.

서울에서부터 오토바이를 타고 온 동양인이 나타나자 정비소에는 이상한 활기가 돕니다. 정비사 대여섯 명이 모여 이걸 어떻게 고칠까를 두고 5분쯤 토론합니다. 프랑스인들답죠. 그러고는 한 분이 영어로 이곳에는 페달을 고정하고 있는 핀을 뽑을 공구가 없다면서 주소 하나를 적어줍니다. 그래서 발을 허공에 띄운 채 1킬로미터쯤 달려 가와사키 오토바이 정비소로 갑니다. 사정을 설명하니 사장님으로 보이는 분이 한창 다른 일을 하던 정비사를 불러 제 오토바이부터 고치라고 하고는 제게 커피까지 뽑아다 주네요.

여행 이야기를 잠깐 하고 30분쯤 지났을까? 오토바이가 고쳐집니다. 하지만 오토바이를 보신 사장님이 정비사에게 불어로 막 화를 내더군요. 잘은 모르지만, 장거리 여행을 하는 오토바이의 체인이 늘어졌는데 왜 그냥 됐냐고 하는 듯합니다. 아, 사장님 친절이 과하시네요. 저 때문에 정비사가 혼난 것 같아 마음이 불편합니다. 어쨌든 제 오토바이는 다시 차고로 들어가 체인과 공기압까지 점검받습니다. 제 오토바이는 가와사키 것도 아닌데 말이죠.

불편한 마음에 뭐라도 해야지 싶어 옆에 딸려 있는 오토바이 용품점에서 겨울용 장갑을 하나 삽니다. 수리가 끝나고 제가 수리비를 물으니 사장님은 제 오토바이 부품을 떼서 수리한 거니 그냥 가라고 합니다. 하지만 그럴 순 없죠. 제가 수리비를 내겠다고 고집하며 표준 공임표에 적혀 있는 1시간 표준 공임인 50유로를 내겠다고 하니 사장님은 30분 걸렸으니 25유로만 받겠다고 합니다. 실제로는 체인과 공기압 점검을 하느라 1시간 정도 걸렸는데 말이죠. 제가 그 부분까지 짚으니 사장님은 공기압과 체인 점검은 원래 무료로 해준다고 해 결국 30유로만 내기로 타협합니다.

이렇게 프랑스 사람에게서 당한 재난은 다른 프랑스 사람의 도움으로 1시간 만에 해결되었습니다. 약간의 돈이 들었지만, 기분은 오히려 좋았습니다. 낯선 곳에선 낯선 이의 도움만큼 감사한 게 없죠. 세상에 당연한 건 없습니다. 악의만큼이나 호의도 말이죠. 그렇기에 당연하지 않은 악의에 분노하는 것처럼 당연하지 않은 호의를 받으면 감사하게 되는 것입니다. 그래서 프랑스인에 대한 인상은 결국 좋았던 것으로 마무리하기로 합니다. 끝이 좋으면 다 좋은 거 아니겠습니까. 덕분에 오늘 스페인으로 넘어갈 수 있게 됐으니 말죠.

익숙해졌거나 지쳤거나

바르셀로나보다는 지로나!

피레네산맥 언저리를 넘어 스페인에 도착합니다. 오토바이를 타고 산길을 달리는 건 언제나 재밌습니다. 자칫 실수하면 죽을 수 있다는 것만 빼면 말이죠. 하지만 저로 말하자면 여행 내내 교통단속 한 번 안 당하고 딱지 한 번 안 뗐을 정도로 조심 운전을 하느라 사실 위험하고 말고 할 것도 없었습니다. 대체로 위험한 산길이라 해도 제한속도만 지키면 도로 곡률이 웬만해선 사고가 날 수 없게 되어 있거든요.

조금 안쪽에 보다 경치 좋은 산티아고 순례 길이 있긴 하지만, 저는 한가롭고 거리가 짧은 길로 갑니다. 물론 피레네산맥도 아름답고 좋지만 오래 운전하고 싶진 않습니다. 그래요, 아마 지친 거겠죠. 아름다운 것도 너무 많이 봤고요.

사실 이제 왜 로마 같은 데 사는 사람들이 우리나라의 도시를 보고 진심으로 칭찬하는지 알 것 같습니다. 유럽 도시의 건축물들이 아름답긴 하지만 결국 그것도 매일 보면 식상하거든요. 예, 바로 모든 걸 소진시켜 평범함의 영역으로 끌어내리는 일상의 힘 탓이죠. 사람은 참 쉽게 익숙해지니까요. 그럼에도 오후 늦게 도착한 지로나Girona는 아름답습니다.

하지만 피레네산맥을 내려오자 절 가장 먼저 반겨준 건 돼지 똥 냄새였습니다. 그 냄새는 지로나로 가는 내내 계속 납니다. 괜히

▷▶ Girona, Spain

가공 햄과 하몬으로 유명한 나라가 아닌 거겠죠.

아, '히로나'인지 '헤로나'인지 '지로나'인지 검색할 때마다 다르게 나와 헷갈립니다. 그런데 그 이유를 알았습니다. 스페인어로는 '헤로나'이고 카탈루냐어로는 '지로나'인데, 해당 국가의 독음 방식을 따르는 우리나라 외래어표기법에 따라 저는 지로나로 표기하겠습니다. 이 도시를 돌아다니는 내내 집집마다 걸려 있던 카탈루냐 깃발 때문이기도 하고, 소속 축구 클럽을 '지로나 팀'이라 부르기 때문이기도 합니다. 아, 제가 스페인의 라리가LaLiga 리그를 챙겨볼 정도로 축구를 좋아하는 건 아니지만, 사실 이 낯선 스페인의 소도시를 우리나라 사람들이 언급할 일은 결국 축구 빼면 거의 없을 테니 말입니다.

이번 여행을 하며 갔던 곳 중 다시 가고 싶은 곳을 꼽으라 한다면 저는 혼자라면 스위스, 연인과 함께라면 크로아티아를 꼽겠습니다. 도시로 치자면 안데르마트와 두브로브니크가 될 테고요. 하지만 살고 싶은 동네를 꼽으라면 단연코 지로나를 꼽지 않을까 싶

습니다. 작고 아름답고 마음 편해지는 곳이거든요.

10세기부터 14세기까지의 도시 모습이 그대로 잘 보존되어 있는 구시가도 좋고, 그냥 평범해 보이는 신시가도 좋지만, 오냐르 Onyar 강변을 산책하는 것도 좋고, 동네가 번잡하지 않고 조용한 것도 좋습니다. 물론 제가 비수기에 와서 그런 거겠죠.

저녁으로 오냐르 강변에 있는 식당에 들어가 두세 가지 타파스 tapas*에 셰리 와인을 한잔 하고 있자니 묘하게 몇 해 전 혼자 교토에 여행 가서 카모가와강을 바라보며 술을 마셨던 기억이 떠오릅니다. 물론 도시가 주는 느낌은 전혀 다릅니다. 교토는 정말이지 번잡한 도시거든요. 그 도시를 좋아한다고 하는 사람도 있지만 저는 묘하게 테마파크 같다는 느낌이 너무 강하게 들더군요. 물론 오하라의 한적한 논길을 산책했던 건 아주 좋았지만 말입니다.

사실 이때 바르셀로나에서 일주일씩 있을 게 아니라 지로나에서 며칠 더 묵을까 고민했습니다. 골목골목 걸려 있는 노란 리본과 카탈루냐 구기를 보고 있으면 괜히 도시가 더 친근하게 느껴집니다, 지로나는. 다음에 올 일이 생긴다면 오냐르강이 보이는 카페에 앉아 『카탈루냐 찬가 Homage to Catalonia』를 읽으며 시간을 보내도 좋겠다는, 뭐 그런 생각도 해 봅니다.

---

* 스페인의 전채(前菜) 요리.

오토바이 여행의 끝?

바르셀로나에 도착

지로나에서 출발해 오토바이로 4시간쯤 달려 오후 늦게 바르셀로나에 도착했습니다. 예정대로라면 마지막 주행이 될 수도 있는데 섭섭하기보단 후련하더군요. 이제는 빨리 보내버리고 가벼운 몸으로 여행하고 싶습니다. 오토바이를 타고 여행하면 여러 가지 신경 쓸 게 많아서 생각처럼 편하게 다닐 수 있는 게 아니거든요. 안전장구도 갖춰야 하고, 매일 숙소까지 오토바이에서 짐을 내려 옮기는 것도 진짜 귀찮고요. 그래서 바르셀로나에 도착한 첫날 숙소에서 부지런히 인터넷으로 검색합니다. 일단 오토바이를 탁송할 해운 회사를 찾아봅니다. 원래는 오토바이 탁송으로 꽤 인지도 높은 체인 업체가 있었는데, 제가 도착했을 무렵 탁송 사고가 발생해 더는 오토바이 탁송을 하지 않는다고 하더군요. 그래서 다른 업체를 찾아보니 몇 군데가 나오네요.

규모가 꽤 커 보이는 탁송업체 몇 군데에 어설픈 영문 편지를 써 보냈는데 답변은 딱 한 군데서 왔습니다. 다음 날 만나기로 약속을 잡고 나니 이미 늦은 시간입니다. 저는 숙소가 있는 언덕을 터덜터덜 걸어 내려가 인근에 있는 사그라다 파밀리아 성당을 구경하러 갑니다.

유럽에서 깔끔한 도시는 손을 꼽을 만큼 드문데, 바르셀로나는 정말 깔끔하네요. 물론 독일과 스위스, 북유럽에는 그런 도시가 제법 있습니다. 잘사는 동네니까요.

다음 날 아침 오토바이를 타고 탁송업체로 갑니다. 업체는 바르셀로나 남쪽 외곽에 들어선 업무 단지에 있습니다. 규모가 엄청 큰 업체라 개인 탁송을 해줄까 싶었는데, 어쨌든 그곳 직원은 자신들이 배와 탁송지를 섭외해 보겠다며 기다려달라고 합니다. 언제까지 기다려야 하냐고 물으니 일단 다음 주까지 기다려달라고 하네요. 비용을 물어보니 그것도 다음 주에 알려주겠답니다. 유럽 애들의 일 처리 방식을 그다지 신뢰하지 않는지라 매우 미심쩍지만, 일단 기다려보기로 합니다. 다른 선택의 여지가 없으니까요. 다른 업체들에선 아예 연락도 없었거든요.

사무실 건물 1층에 있는 프랜차이즈 식당에서 바르셀로나에서의 첫 외식을 합니다. 첫날은 마트에서 빵과 치즈, 하몬과 와인을 사 와서 숙소에서 적당히 때웠거든요. 하지만 주문한 샌드위치는 빵이 맛있었다는 것 빼면 크게 인상적이지 않습니다.

돌아오는 길에 대형 마트에 들러 필요한 물건 몇 가지를 산 후 오토바이를 보낸 후 입을 셔츠 비슷한 것도 삽니다. 네, 이때까지 투어용 오토바이 재킷 하나로 버틴 단벌 신사였거든요. 그리고 인근 코인 빨래방에 가서 밀린 빨래를 합니다. 이번 여행에서 여덟 번째로 섭렵하는 빨래방입니다. 하하.

사그라다 파밀리아 성당에 들러 표를 예매하려 했으나 인터넷에서 예매하라는 안내문이 붙어 있네요. 숙소로 돌아와 인터넷으로 표를 예매한 후 다시 사그라다 파밀리아 성당 앞으로 갑니다. 거기에 미국 버거 체인인 파이브 가이즈 매장이 있거든요. 스페인에서 먹는 미국 버거라니! 하지만 파이브 가이즈는 참을 수 없죠. 잠깐 처음 파이브 가이즈에 갔을 때의 소감을 말하자면, 프렌치프라이는 맛있었고, 버거는 치즈 맛이 진한 건 마음에 들었지만 번이 너무 무른 것은 불호였고, 패티는 좋았지만 고기 향이나 불 맛을 강하게 느끼고 싶다면 패티는 더블로 선택하는 게 필수일 것 같더군요. 하나 맘에 드는 건, 베이컨을 바짝 구워 준 것이었지만, 소스가 재료 맛을 다소 가리는 느낌이 들었습니다.

늦은 밤 분수를 구경하다가 숙소로 올라오는 길에 수조에서 침수식으로 고기를 숙성하는 스테이크 하우스를 발견하고는 다음에 다시 가려고 했지만, 바르셀로나를 떠나는 날까지 다시 그곳을 찾지 못해 먹지 못하게 되죠.

숙소로 돌아와 당장 내일부터 어딜 가야 할지 검색하기 위해 인터넷을 켜 보니 탁송업체에서 이메일이 와 있는데, 증빙 서류가 필요하다고 하네요. 미팅할 때 얘기하지 않고 이제야 말한 탓에 신뢰도 −1점을 획득했지만, 어쨌든 디지털카메라로 찍은 여권 사진과 차량을 동반했다는 출입국 기록 등 차량 관련 서류를 첨부해 답장을 보냅니다. 보내며 확인해 보니 2주 내에 셍겐조약을 맺은 나라에서 나가야 하는데, 그때까지 오토바이를 못 보내면 어쩌나 싶어서 좀 불안해집니다.

네, 뭔가 길게 썼는데 결국 바르셀로나에 대한 이야기는 거의 없는 바르셀로나에 도착한 이야기였습니다. 심지어 바르셀로나 음식은 아직 먹어 보지도 못했네요.

자연에 대한 모방

혹은 모방의 자연스러움에 대하여

사그라다 파밀리아 성당은 가우디의 마지막 역작으로 꼽힙니다. 아르누보 건축가로 분류되는 가우디는 다른 아르누보 건축가들을 포함해 그 누구와도 닮지 않은 건축물을 만들어냈고, 그것으로 이 바르셀로나에서 일가를 이뤘습니다. 그리고 적어도 이번 세기 유럽에서 지어지는 마지막 대성당이 될 예정인 사그라다 파밀리아 성당의 설계자죠. 그렇습니다. 이제 적어도 유럽에서 새로운 대성당이 들어서긴 힘들어 보입니다. 대성당은 신자들의 기부로 만들어지는 게 일반적인데, 이제 신자 수가 너무 줄어들어 기부를 받아 대성당을 짓는 것은 불가능에 가깝습니다. 있는 성당도 교구가 사라지고, 문을 닫고, 남겨진 교구를 통합하는 시대입니다.

제가 어릴 때 선생님들이 말씀하시길, 유럽의 성당은 건축물을 짓는 데 수백 년이 걸리는데 우리는 몇 달, 몇 년 만에 뚝딱 만들기 때문에 무너질 수밖에 없다고 하셨습니다. 커서 알게 된 진실은 이렇습니다. 유럽의 대성당들은, 다 그런 건 아니지만 일반적으로 속죄 교회에 속하는 대성당은 지역 유지와 신자 들의 기부에 의해 만들어집니다. 물론 왕가에서 돈을 풀어 국가 차원에서 만드는 경우도 있고, 바티칸에서 돈이 내려와 만드는 경우도 있긴 합니다.

대성당의 경우 터를 닦고 한쪽 벽-전체 한 면이 아닌 주량 네 개와 그 한쪽을 막을 벽 정도-을 세울 돈만 모이면 공사를 시작합니다. 그리고 그게 만들어지면 세상에 공개합니다. '우리 성당이 이렇게 멋지게 지어질 예정이에요' 하면서 기부한 신자들과 그곳에 찾아오는 순례자들에게 공개하고, 앞으로 들어갈 건축비를 모금하기 위해 건축가는 인근에 사는 귀족과 부자 들에게 영업을 하러 다닙니다. 성당의 다른 벽면을 차지할 제단과 지하의 묘지 자리를 팔러 다니는 거죠. 네, 대성당의 창과 창 사이에는 제단이 있고, 그곳은 주로 한 가문의 유명인사나 가문 전체를 위한 제대 같은 걸로 채웁니다. 대성당에 주량을 올릴 정도로 큰돈을 기부하는 사람들을 위한 자리죠.

하지만 이런 큰손이 자주 나타나는 건 아닙니다. 결국 자기 무덤 자리를 사는 건데, 죽음을 앞둔 거물급이 줄 서서 기다리는 건 아니니까요. 그래서 때로는 이웃 도시, 이웃 국가의 왕실로도 영업을 하러 다니곤 했습니다. "멋진 대성당의 한 자리를 차지하셔야죠" 하면서 말이죠.

어쨌든 이렇게 영업을 해 돈이 모이면 나머지 양쪽 벽과 성가대 자리를 만듭니다. 네 개의 기둥과 세 면의 벽이 완성되면 작은 규모로나마 미사를 지낼 수 있거든요. 미사를 지내는 게 왜 중요하냐고요? 안정적으로 지역 신자들에게서 성당 건축 기금을 걷을 수 있기 때문이죠. 그리고 이렇게 돈이 모일 때마다 설계도에 따라 건축물의 나머지 부분을 완성해 가는 겁니다.

어느 정도 대성당의 윤곽이 드러날수록 순례자 수도 늘어나고 기부금도 안정적으로 걷힙니다. 그렇게 100년 혹은 200년간 대성당을 만드는 겁니다. 그사이 처음 시작한 건축가가 죽으면 후임 건축가가 물려받고, 성당을 장식하는 미술품들도 다른 세대의 것들로 채워 유럽 특유의 유구한 느낌이 나는 대성당을 완성하는 겁니다.

하지만 유럽에서는 이제 더는 이런 식으로 대성당이 만들어질 수 없습니다. 심지어 이런 식으로 짓기 시작한 사그라다 파밀리아 성당도 건축 일정이 한없이 늘어지자 스페인 정부는 과감하게 세금을 투입하기로 결정합니다. 그 결과 착공된 지 140년이 넘은 이 성당은 곧 완성을 목전에 두고 있습니다. 네, 결국 건축물도 돈이 문제죠. 부동산은 결국 돈 아니겠습니까!

다시 가우디에게로 돌아가 보죠. 아르누보에 대해 설명하기 위해서는 그 전에 신고전주의에 대해 얘기하지 않을 수 없습니다. 신고전주의는 그리스 로마 시대의 영향을 받은 사조로 비례와 균형을 중시했습니다. 인체 비례도 그 시절 풍, 건축양식도 그 시절 풍, 구도도 그 시절 풍으로 당대의 모습을 최대한 사실적으로 묘사한 것이 대체로 아르누보가 등장하기 전까지의 주류였죠. 이런 사조는 100년 가까이 이어졌고, 그러다 보니 새로운 예술가들이 좋아할 리 없었죠. 그 결과 프랑스에서는 인상주의 화가들이 들고일어났고, 유럽에서는 모더니즘이라는 새로운 사조가 지배하기 전까지 짧게 아르누보라는 애들이 나온 거죠.

아르누보는 아주 간단합니다. '예술이 별거냐? 예쁘면 장땡이지!', 이런 예술 사조입니다. 정말 이게 다냐고요? 네, 이게 다입니다. '사실적인 것, 기하학적인 완벽성이 뭐가 중요한가? 예쁘면 다 아닌가?' 하는 사조죠. 아, 구스타프 클림트Gustav Klimt를 예로 들면

▷▶ Barcelona, Spain

되겠네요. 예쁘고 알록달록하지만 전혀 사실적이거나 구도가 완벽하지도, 인물들의 신체 비율이 정상적이지도 않죠. 그리고 현대 일러스트의 아버지라 불리는 알폰스 무하Alfons Mucha도 바로 이 아르누보를 대표하는 작가죠. 네, 장식적이고 예쁘면 장땡인 일러스트화 화풍도 바로 아르누보의 영향을 받은 것입니다. 가우디가 아르누보로 분류되는 이유도 이 지점 때문이죠. 기능적으로는 별 필요가 없는데 과도하게 장식적이고 예뻤거든요.

가우디 생전에 완성된 성당의 벽면은 레이아웃이 여느 대성당과도 같지 않을뿐더러 압도적으로 장식적인 요소가 두드러져 다소 과하다는 느낌이 들기도 합니다. 그나마 성당 벽면은 반전을 위해 최대한 절제해 단색으로 만들었지만, 가우디의 다른 작품인 구엘공원은 알록달록하기까지 합니다.

막상 성당 안으로 들어가면 화려한 공간이 펼쳐집니다. 네, 예쁜 게 장땡이죠. 그런데 내부의 기둥을 보니 주량에서 뻗어 나온 첨두아치와 리벳 부분이 고딕 양식의 기둥과는 또 다르네요. 네, 가우디는 주량과 아치 부분을 나무처럼 만들고 싶었던 겁니다. 나무와 나뭇가지처럼 말이죠. 그러니까 가우디가 사그라다 파밀리아 성당에서 만들고 싶었던 건 다름 아닌 숲이었던 겁니다. 괴이한 첨탑과 다소 장식이 많은 외벽은 실은 나뭇잎이고, 문짝은 꽃과 이파리이고, 내부는 커다란 나무들로 이루어져 있으며, 스테인드글라스를 통해 들어오는 빛은 그 이파리 사이로 비치는 햇살인 거죠. 네, 조금 이교도적이기까지 한 생명의 나무 개념을 가져와 그렇게 이룬 숲이 바로 이상적인 에덴동산, 요셉, 마리아, 예수가 함께하는 성가족 혹은 천국이라고 생각하고, 그 개념을 사그라다 파밀리아 성당에서 재현한 겁니다.

밑에서는 보이지 않는 첨탑 위로 올라가면 각종 과일들이 장식되어 있습니다. 이곳은 나무들로 이뤄진 숲이니까요. 네, 기괴해 보일 정도로 과도하게 장식적인 그의 건축물들은 실은 자연의 복잡성을 모방한 것이죠. 가우디는 직선과 기하학으로 대변되는 인위적이고 기능적인 형태를 거부하고 자연을 흉내 낸 겁니다. 그래서 그의 건축물이 다른 여느 건축물과도 다른 거죠.

건축물이 기하학적인 이유는 뭘까요? 여러 가지 이유가 있겠지만 가장 결정적인 이유는 돈이 덜 들기 때문입니다. 이를테면 주량의 경우 기능적인 부분만 신경 쓴다면 아치만 있으면 됩니다. 그런데 가우디는 나뭇가지처럼 복잡해 보이면서도 아치로 만든 건축물만큼이나 튼튼하게 만들어야 했습니다. 지금이야 컴퓨터

로 계산하면 되지만, 그 시절엔 그런 게 없었죠. 그래서 그는 천장에 거꾸로 실을 매다는 방법을 써 건축적으로 안정된 아치를 만들고, 하중을 분산시킬 수 있는 직선의 위치를 찾아 나뭇가지 장식을 만들어 넣습니다.

가우디는 자연스러움을 모방하고 싶어 했고, 아이러니하게도 그 모방을 통해 역대급 기묘한 건축물이 탄생한 거죠. 일부러 기묘한 건축물을 만든 게 아니라 자연에 충실했던 것뿐인 거죠. 그래서 가우디는 '예쁘면 장땡'인 아르누보와도 궤를 달리합니다. 그의 건축물이 아르누보 건축물처럼 과한 장식과 알록달록함을 자랑하긴 하지만, 그가 보여주고 싶었던 건 예쁜 게 아니라 그 안에서 이상화된 자연의 모습이었던 겁니다.

사실 대부분의 건축가들이 가우디처럼 하지 않는 이유는 건축주들이 싫어하기 때문이죠. 사람들이 도시를 만들고 인공 구조물

▷▶ Barcelona, Spain

을 만드는 이유는 간단합니다. 자연은 인간에게 우호적인 공간이 아니기 때문이죠. 자연주의자들은 인정하지 않겠지만 오히려 적대적인 환경에 가깝죠. 따라서 자연을 모방한다는 것은 곧 많은 경우 실소유주가 기능적인 불편함을 감수해야 한다거나 재산상의 불이익도 감당해야 한다는 의미입니다. 하지만 그는 건축가로 자리를 잡자마자 구엘이라는 물주를 만나고, 구엘은 가우디를 신뢰하고 전폭적으로 지원합니다. 그래서 이국적이거나 특이하지만 기능성 있는 범주의 건축물이 제법 많은 전반기와 달리 생의 후반기에는 자연을 마음껏 모방하게 됩니다. 네, 예술을 하는 데도 돈이 이렇게 중요합니다.

아마도 우리 세대에 마지막으로 만들어지는 것일 대성당에 대해서는 이 정도로 마무리하겠습니다. 다음엔 좀 더 현실적인 여행 이야기를 해보죠.

그래, 나 놀러 왔던 거야

결국 바르셀로나 도심 이야기

한가하리라 생각했던 바르셀로나에선 의외로 할 일이 많습니다. 일단 이후의 일정을 결정해야 합니다. 셍겐조약을 맺은 나라에서 무비자로 지낼 수 있는 3개월이 끝나가고 있었거든요. 지금 제가 가장 쉽게 갈 수 있는 곳은 당연히 가까운 영국입니다. 인근 공항에서 런던으로 출발하는 저가 항공편이 발에 치일 만큼 많거든요. 문제는 런던에서 서울로 가는 편도 항공권이 비싸기로 악명 높다는 겁니다. 제일 싼 표가 고가의 노트북 한 대 값이더라고요.

경유 항공권을 사는 경우도 문제입니다. 경유지가 셍겐 협정국이고 공항 내에 환승 통로가 없어서 출국 절차를 따로 밟아야 하는 경우에는 셍겐 협정국 내에 머문 기간이 석 달을 넘지 않았다는 걸 입증해야 할 수도 있습니다. 따라서 안전하게 가려면 유럽이 아닌 먼 아랍에미리트 같은 곳에서 환승하는 수밖에 없습니다. 그런데 이렇게 갈 경우 환승 대기 시간이 어정쩡한 겁니다. 아예 하루 이상 대기하면 밖으로 나가서 뭐라도 할 텐데 10시간, 8시간, 이런 식이더군요. 물론 그 가격도 중저가 노트북 수준으로, 결코 싸지 않습니다. 항공권 가격을 보고 있자니 한숨이 절로 나오네요.

그래서 만약 영국을 포기하면 어떻게 되는지 봤습니다. 그냥 다른 유럽 국가에서 석 달을 채우고 바로 한국으로 돌아가는 거죠. 이러니 싼 편도 항공권이 좀 보입니다. 동시에 머릿속이 복잡해

지네요. 이 돈을 들여 영국에 꼭 가야 하는지, 가면 뭘 하고 싶은지 저 자신에게 묻습니다. '일단 스코틀랜드에 가서 싱글몰트 위스키나 마셔야지'라는 답이 바로 나오네요. 만족스러운 답이지만, 이 정도 금액 차이면 굳이 지금 가야 할 이유가 없죠. 한국에서 덤핑 왕복 항공권을 사서 가도 되니까요.

지금 간다면 오토바이를 한국으로 바로 보낼 게 아니라 스코틀랜드 북쪽으로 쭉 타고 가 황량한 황무지 위를 달리고 싶긴 한데, 한 겨울에 북해의 바람과 눈비를 맞으며 할 일은 아닌 것 같습니다. 무엇보다 영국에서 한국으로 오토바이를 보낼 수 없으니 네덜란드 암스테르담Amsterdam으로 가야 하는데, 솅겐조약이 걸림돌이 됩니다.

'그래, 오토바이는 그만 타자.' 이제 곧 12월입니다. 겨울에 북위 35도 이상 되는 곳에서는 오토바를 타는 게 아니죠. 딱히 영국에서 먹고 싶은 음식이 있는 것도 아니고, 영국 음악을 좋아하지만 굳이 영국까지 가서 들을 일도 아닌 것 같네요. 도버해협의 하얀 절벽을 보고 싶기도 하고, 스톤헨지나 에비로드에도 가 보고 싶고, 찾으면 가고 싶은 이유가 더 생길 것 같긴 하지만 결정적으로 이 돈이면 지금 여기서 가는 것보다 한국에서 가는 게 더 싸다는 사실을 다시 떠올립니다. 이상하죠. 왕복 항공권이 편도 항공권보다 훨씬 싸다는 사실이요.

영국을 포기하고 갈 수 있는 나라를 떠올려봅니다. 프랑스, 네덜란드, 벨기에, 헝가리, 폴란드…. 이 정도가 납득할 만한 가격에 서울로 돌아가는 편도 항공권을 구할 수 있는 국가들입니다. 이제

가격은 음… 아이패드 미니 정도로 떨어지네요.

하, 이 정도면 답이 정해진 거나 다름없지만, 일단 오토바이를 보낸 다음에 더 생각해보기로 합니다. 그래서 탁송업체 직원에게 일정과 진행 사항을 공유해달라는 내용의 이메일을 보냅니다.

그렇게 밀린 일을 처리한 저는 천체 투영관을 보러 가기로 합니다. 모스크바에서 오토바이를 기다릴 때처럼요. 검색해 보니 두 곳이 나옵니다. 한 곳은 산 위 천문대에 있고, 또 한 곳은 부둣가 쪽에 있습니다. 저는 오토바이를 타고 제법 가야 하는 산 위 천문대 말고 대중교통을 이용해 갈 수 있는 자연과학 박물관에 있는 천체 투영관을 택합니다. 다른 사람이 모는 차를 타고 싶었거든요. 어쨌든 도심을 벗어나기 위해 지하철을 타기로 합니다.

제가 묵은 곳은 바르셀로나 신시가지만, 신시가도 사실 파리가 재건된 19세기 중반에 만들어졌습니다. 블록을 쌓아놓은 것처럼 보이는 바르셀로나의 건물들은 비슷한 높이, 비슷한 구조로 돼 있어서 답답하거나 단조로워 보이기도 합니다. 한 변의 길이가 133미터에 이르는 '만사나manzana'라 불리는 정사각형의 이 도시 블록은 나름 19세기 도시 건설 과학의 정점을 보여줍니다. 중앙부는 비워서 거주자들에게 신선한 공기를 제공하고, 도로의 폭과 건물의 높이는 5미터로 유지함으로써 그늘을 만들어 지중해의 뜨거운 태양으로부터 보행자들을 보호합니다. 그리고 바둑판처럼 도로를 배치해 도심 어디에서도 동일한 접근성을 확보하게 했죠. 하지만 비효율적인 점도 있습니다. 도시를 가로질러 가야 할 때 너무 많은 교차로를 지나야 하니까요. 그래서 대각선 방향으로 도심을 가로지르는 큰 도로를 만들었죠. 그리고 일정한 간격마다 공원을 배치해 이 바둑판 모양 도시에서의 생활이 답답하지 않도록 했습니다. 누군가는 멋지다고 하고, 누군가는 닭장 같다고 하는 바르셀로나의 스카이라인은 이렇게 완성되었죠.

신시가는 그 모습이 어떻든 실제로 들어가 보면 쾌적합니다. 제가 묵은 호텔에서도 만사나 안뜰 방향의 창문을 열어두면 환기가 잘되더군요. 최근에는 바르셀로나 집값 상승으로 이 안뜰에도 건물을 짓는 추세라지만 말입니다.

아이러니하게도 도시 전체가 규칙적이고 단조롭기에 가우디의 건축물들이 더욱 두드러져 보이는 듯합니다. 아니, 가우디의 건축물들이 이 도시의 단조로움을 깨기 때문에 기능적으로 아무 의미 없고 예쁘기만 한 그의 유산들이 이 도시에서 그토록 중요한 것이겠죠.

지하철을 타고 바르셀로나 도심을 벗어납니다. 깨끗하고 정렬이 잘된 바르셀로나 신시가와 달리 구시가는 낡고 쇠락한 모습입니다. 높이도 제각각이고 낡은 건물들이 제멋대로 서 있는 구도심을 보니 아, 여기도 사람 사는 동네구나 싶네요. 물론 여기도 나름 열심히 재개발을 하는지, 곳곳이 공사 중이더군요.

어쨌거나 모처럼 대중교통을 이용해 멀리 나왔는데, 도착하고 보니 어떤 이유에선지 천체 투영관은 영업을 안 합니다. 인터넷으로 검색할 때 요즘 다 되는 인터넷 예약을 받지 않는다는 사실을 좀 더 주의 깊게 봤어야 했습니다. 그래요 뭐, 그럴 수 있죠. 어쨌거나 바르셀로나에서 별 볼 일은 없겠군요. 이제 주말인데 천문대의 천체 투영관이라고 영업을 할 것 같진 않거든요.

근처 쇼핑몰에 가서 일본식 카레를 먹습니다. 쌀이 먹고 싶어 골랐는데 좀 밍밍하더군요. 그리고 바지를 하나 삽니다. 생각해 보니 오토바이 바지 빼고 바지는 하나뿐이었거든요.

바르셀로나에서는 푹 쉬기로 했는데 벌써 부지런을 떨고 있는 것에 대해 반성하고 토요일은 호텔에서 빈둥거리기로 합니다. 실제로는 전에 봐뒀던 스테이크 하우스를 찾느라 긴 도보 여행을 하게 되지만 말입니다. 그 스테이크 하우스는 결국 찾지 못하고 "꿩 대신 닭"이라고 미국 텍사스 스타일의 스테이크 하우스에서 다른 고기를 먹지만, 결론을 말하자면 스테이크는 피렌체더군요.

일요일엔 현대미술관에 가서 1960년대 프랑코 정권에 대항해 붐을 이뤘던 무크지의 그래픽 디자인 특별전을 봤습니다. 영국 음반사가 밴드 앨범을 만들면서 싼 맛에 이 무크지의 그래픽 디자이너들에게 하청을 줬고, 그 앨범들이 미국에서 크게 성공하면서 그래픽 디자인까지 강제로 국제화됐다더군요. 사진 촬영을 금지하는지라 사진은 없네요.

돌아오는 길, 가우디의 또 다른 작품인 카사밀라 근처에 있는 옷가게에 들러 가죽 재킷을 하나 삽니다. 그리고 마트에 들러 치즈와 하몬, 바게트, 와인을 사 와서 만사나 안뜰 쪽으로 난 창을 열어놓고 저물어가는 황혼을 바라보며 술을 마십니다. 여행 시작하고 석 달만에 정말 온전하게 빈둥대는 주말인 것 같아서 불안하면서도 행복했습니다. 참, 왜 여기까지 와서 마음 편히 쉬지 못하는 걸까요? 뭐, 이것도 한국인의 종특일까요?

불길한 예감은 늘 적중하는 법

플랜 B가 필요해

월요일이 되었지만 해운 회사에서는 응답이 없습니다. 그동안 이 것저것 먹으러 다닙니다. 대단한 건 아니고 스페인 음식과 순두부찌개 같은 거죠. 아, 지나가다 한식 파는 가게를 발견해서 블라디보스토크의 북한 음식점에서 냉면을 먹은 후 거의 두 달 반 만에 제 돈을 주고 한식을 먹네요. 계산해 보니 1만 5,000원짜리 순두부찌개를 먹은 건데, 비싼 것 같았지만 배민 통해 스페인까지 배달시켰다고 생각하기로 하자 마음에 평화가 찾아옵니다.

처음 숙소 예약을 월요일까지 했는데, 왠지 수요일까지 머물 숙소가 또 필요할 것 같은 예감이 들더군요. 그래서 다른 곳을 예약합니다. 미팅 후에 따로 연락해 추가 서류를 보내달라고 한 것이나 제가 보낸 이메일에 답장이 없는 걸로 봐서는 해운 회사에서 제 존재를 그냥 잊어버린 게 아닌가 싶고, 따라서 진행 상황을 알려 달라는 이메일을 제가 보내기 전까지 아마 아무것도 하지 않았을 가능성이 크다는 결론에 도달했거든요.

그래서 같이 러시아로 건너왔던 분들에게 카톡을 보내봅니다.

"어떻게들 돌아가실 계획이세요?"

한 분은 이미 네덜란드에서 로로RoRo선*으로 보냈고, 한 분은

---

* 해상을 통한 화물 운송 방법으로 자동차, 트럭, 버스, 트레일러 등 바퀴가 달린 화물을 운송하는 선박을 총칭함.

저처럼 스페인에서 나갈 계획이고, 또 다른 분은 아직 조지아에 있답니다. 그런데 스페인에 있는 분이 전화번호와 이메일 주소를 하나 툭 보내줍니다. 여행 동호회에서 봤는데, 당일에 오토바이 탁송이 가능한 해운 회사라고 하더군요. 음… 좋네요.

이렇게 마음에 평화를 찾고 숙소의 짐을 옮깁니다. 이전보다 외곽에 있는 숙소인데, 길가에 다니는 사람이 없네요. 숙소 앞에 중국집이 있어서 예전에 필리핀에서 맛있게 먹었던 우육탕면이 생각나 다음 날 먹으러 갔는데, 리스트에 올릴 만하더군요. 역대 최악의 중국요리로요. 중국인 손님이 많기에 현지 맛집일 줄 알았는데 결론은… 관광객 대상 호구 잡는 식당이었던 겁니다. 간이 맞고 안 맞고를 떠나, 향이 어쩌고저쩌고 이전에 그냥 맛이 없어요.

그사이 거리를 걸으며 사진도 찍고, 오토바이로 보낼 짐과 가지고 다닐 짐을 구분합니다. 짐이라고 할 것도 없지만, 그래도 여행 가방 하나 정도는 필요할 것 같아 가장 싸고 가장 작은 캐리어를 하나 지르기로 합니다.

역시 수요일까지 해운 회사에서는 아무런 답변이 없어서 숙소에서 체크아웃을 한 후 해운 회사로 찾아갑니다. 진행 상황을 물으니 문의한 선사에서 아직 답변을 못 받았다고 합니다. 이제 비자가 만료되어 집에 가야 한다고 하니까 담당 직원이 자기네 창고에 오토바이를 맡기고 가면 된다고 하네요. 물론 창고 임대료를 내고요. 그래서 물어봅니다. 얼마나 드는지. 아, 기간을 확정할 수 없기 때문에 아직 정확히 말해줄 수가 없다고 하네요. 정리하자면 보낼 비용도 모르고 보관 비용도 모르고 하여간 모르지만 일단 믿고 가면 나중에 청구하겠다는 겁니다. 제가 개인적으로 다른 곳을 알아 봐도 되냐고 물으니 그러라고 합니다. 하, 알겠다고 답변하고 일단 나왔습니다.

그리고 같이 러시아로 건너왔던 분이 알려준 전화번호로 문자를 보냈습니다. 한국에서 왔고, 오토바이를 한국으로 보내고 싶은데 가능하겠냐고요. 바로 답이 옵니다. 오늘 저녁 6시까지 와서 서류 처리를 하면 내일 보낼 수 있다고요. 뜻밖의 답변을 받은 저는 바로 내비게이션에 주소를 찍습니다. 그 해운 회사가 있는 발렌시아까지 4시간, 지금은 12시 반입니다. 여유롭게 도착할 수 있을 것 같아 오늘 가겠다는 답장을 보내고 출발합니다.

달리는 와중에 방금 미팅하고 온 해운 회사에서 연락이 옵니다. 3일만 기다려주면 보낼 배를 찾을 수 있을 것 같다고 하네요. 휴게소에서 답장을 보냅니다. 미안하지만 내일 보낼 수 있는 곳을 찾았다고 말이죠.

문제는 보내는 배가 컨테이너선이라는 겁니다. 나라마다 법이 조금씩 다르겠지만, 만약 차량을 취급하는 로로선이라면 연료를 넣은 상태에서 별도의 포장을 하지 않아도 상관없습니다. 하지만 컨테이너선이라면 반드시 연료를 모두 빼고 완충제를 넣어 포장해서 선적해야 합니다. 풍랑으로 인한 파손이나 화재 등 만약의 경우에 대비해서 말이죠. 그러니 화물을 실을 컨테이너가 있는 곳에 도착했을 때 연료계가 딱 0으로 맞춰져야 합니다. 아아, 달리는 내내 잔여 주행거리를 보며 머릿속으로 계산합니다. 계산에 따르면 한 20킬로미터 정도 주행할 연료를 남기고 해운 회사 사무실에 도착할 것 같습니다. 해서 컨테이너를 선적하는 장소까지 20킬로미터가 넘지 않기만을 바라며 달립니다. 예상 주행거리와 연료계 바늘이 일치하도록 고속도로에서도 과속이나 추월 한 번 안 하고 정속으로 달립니다.

그렇게 모든 것이 완벽하다 여기며 발렌시아 톨게이트를 내려오는 순간, 유럽에서 일찍이 경험한 적 없는 정체가 절 기다립니다. 수요일 4시 50분, 시에스타가 있는 이 나라에서는 오후 업무가 시작되는 시간이죠. 그런데 어째선지 길이 막혀요. 6시까지는 갈 수 있을 거라고요? 시간 내에 가는 건 문제가 아닌데 내연기관은 공회전을 할 때도 기름이 들어간다는 게 문제죠. 특히 단기통 엔진인 제 오토바이는 공회전 시 들어가는 연료의 양이나 저속 주행 시 들어가는 연료의 양이 비슷하죠. 이 말은 곧⋯ 네, 이미 연료 경고등이 켜진 제 오토바이에 연료를 넣어줘야 할지도 모른다는 뜻이죠. 해운 회사 사무실 근처에 주유소가 하나 있긴 하지만, 이렇게 막혀서는 거기까지 가지 못할 것 같습니다. 초조한 마음으로 기다린 끝에 길이 뚫리지만, 최대한 느리게 주행하며 마지막 교차로에서 우회전하는 순간 푸르르륵, 엔진이 꺼집니다.

시간은 5시 5분. 가까운 주유소는 1.5킬로미터 떨어져 있습니다. 오토바이를 세워놓고 달립니다. 초겨울의 스페인에서 오토바이 신발을 신고 정말 모처럼 미친 듯이 달렸습니다. 주유소 직원이 땀으로 범벅이 된 제 얼굴을 보고 놀라며 긴급 주유용 플라스틱 백을 내밉니다. 그렇게 사온 기름을 오토바이에 넣고, 해운 회사 사무실에 도착하니 5시 30분, 다행히 늦지는 않았네요.

꽤 큰 해운 회사 사무실에는 사장님 혼자 있습니다. 제가 묻지도 않았는데 사장님은 직원들은 선적 일 때문에 모두 창고에 가 있다고 말합니다. 딱 한국의 택시기사 같은 스타일입니다. 관련 서류를 작성하는 내내 TMI를 남발하네요. 덕분에 사장님 가족이 네 명이라는 것과 동업하는 친구가 그만둬서 혼자 하고 있다는 것과 한국으로 오토바이를 50대도 넘게 보내봤다는 것과 자기도 젊었을 때 오토바이를 탔고 은퇴하면 다시 탈 거라는 것까지, 정말 쉴 새 없이 말합니다.

그리고 이제 계산만 하면 되는 상황에서 아주 긴 영수증을 보여줍니다. 그런데 목록에 포장비가 없습니다. 그래서 포장비는 선적 창고에 입고할 때 따로 내냐고 묻자 낼 필요가 없답니다. 그 이유는 이 회사에서 한국으로 수출하는 게 다름 아닌 완충제이기 때문이라네요. 완충제 사이에 오토바이를 넣어 보내는 거라 별도로 포장할 필요가 없다는 겁니다. 사장님의 TMI에 기가 빨린 저는 "재밌네요"라고 말하며 억지 웃음을 지어 보입니다. 결제를 하고 사무실에서 나오자 기가 다 빠진 기분입니다.

해운 회사 주차장에서 사무실과 화물 창고 사이에 있는 숙소를 검색해 찾고 예약합니다. 이제 발렌시아 공항에서 갈 곳을 결정해야 할 시간입니다. 그전에 가장 작은 크기의 캐리어도 하나 사고요. 남은 여행 기간 동안 입을 옷 빼고는 모두 오토바이와 함께 배에 실어 보낼 예정이니까요.

아니나 다를까 런던에서 서울로 가는 편도 비행기 값은 며칠 전보다 더 올랐습니다. 이제 런던을 제외한 유럽 내의 다른 국가로 가

서 석 달을 꽉 채우고 한국으로 돌아가는 수밖에 없겠군요.

갈 곳을 고르는 건 전혀 어렵지 않습니다. 제가 떠날 목요일 오후에 발렌시아에서 출발하는 비행기는 런던행을 빼면 리스본과 마드리드, 파리행뿐이고, 서울까지 돌아가는 할인 항공권은 파리에만 있었으니까요. 그렇게 새벽 3시까지 파리행 항공권과 파리에서 묵을 숙소, 한국으로 돌아갈 표까지 예매합니다. 마지막 파리에서의 숙소는 한인 민박으로 예약합니다. 그동안 너무 혼자 여행했으니까요. 그리고 새벽에 몽생미셸Mont-Saint-Michel로 출발하는 무박 3일짜리 패키지여행도 예약합니다. 그래요, 석 달 넘게 직접 운전하고 달렸더니 이제는 차 타고 편하게 여행하고 싶습니다.

그렇게 다음 날 오토바이 뒤에 캐리어를 포함한 모든 짐을 꾸역꾸역 얹고 화물 창고로 갑니다.

바르셀로나처럼 발렌시아도 이곳 특유의 밝고 깔끔한 느낌이

드는 동네네요.

선적 창고에서 마지막으로 지난 3개월간의 총 주행거리를 확인합니다. 잔여 주행거리는 칼 같이 0킬로미터라고 적혀 있고, 그동안 주행한 거리는 1만 1,180킬로미터입니다. 많이도 달렸네요.

선적 창고 사무실에서 불러준 택시를 타고 공항으로 갑니다. 이제부터 마지막 5일은 오토바이 없이 움직일 예정이니까요.

도시와 비슷한 인상을 풍기는 공항에서 비행기를 타고 기절하듯 쓰러져 자다 눈을 떠 창밖을 보니 어둠 속에서 에펠탑이 빛나고 있습니다. 정작 저 탑 앞에서 봤을 때는 크게 인상적이지 않았었는데 비행기에서 보니 마치 이 도시에 다시 온 걸 환영하는 것처럼 느껴집니다. 아아, 저도 반갑습니다.

Part 4
반갑다, 파리

파리에서도 혼자입니다

오르세 미술관에서

저녁 늦게 파리에 있는 한인 민박에 도착했을 때는 사람들이 막 거실에 모여서 삼겹살을 구울 준비를 하고 있었습니다. 아, 먹을 복 하나는 있군요. 짐을 풀 새도 없이 손만 씻고 나와 간단하게 인사를 하고 고기를 먹습니다. 이름을 소개하고 바로 모르는 사람들 가운데서 삼겹살을 먹고 있는 제 모습이 좀 낯설게 느껴집니다. 더구나 저와 집주인의 남자 친구를 제외하고는 모두 여성입니다. 친구들과 온 사람도, 혼자 온 사람도 있는데 여성 전용 숙소가 아님에도 모두 여성뿐입니다. 여성 여행자가 아니면 파리는 좀처럼 선호하는 여행지는 아니죠. 집주인 이야기로는 방학에는 그래도 남자들이 오는데 지금처럼 비수기에는 대부분 여성들이랍니다. 그 사이에 앉아 프랑스인 남자와 자연스럽게 소주를 대작했습니다. 한국어를 조금 할 줄 아는 집주인의 남자 친구는 그래도 함께 술을 마실 남자가 있어서 다행이라고 좋아하더군요.

소주에 삼겹살이라… 한 3년 만에 먹는 것 같습니다. 원래 사람을 잘 만나지 않는 데다 딱히 삼겹살과 소주의 조합을 좋아하지 않는데, 간만에 먹어서인지 맛있네요. 아, 어쩌면 이곳에서 한국 소주는 꽤 비싼 술이라 그런지도 모르겠습니다. 여기선 괜찮은 와인 한 병보다 소주가 비싸니까요.

한국 사람들 사이에 앉아 한국어로 대화하는 걸 듣고 있자니 좀

생경한 느낌도 들더군요. 여행지답게 각자 여행한 이야기를 하고 있습니다. 어디가 좋더라, 어디 가봐라, 어디에서 지갑을 잃어버릴 뻔했다…. 이런 대화를 듣고 있자니 다른 사람들은 이렇게 여행하고 있구나, 새삼 실감합니다. 오토바이를 타고 혼자 종일 달린 후 숙소에 도착해 쓰러지듯 잠드는 여행은 보통은 오토바이를 아주 좋아하지 않으면 하지 않겠죠. 제게도 비슷한 질문을 하는데 해줄 말이 없습니다. 자전거를 타고 알프스를 넘어보라고 할 수도 없고, 스웨덴에서 덴마크로 넘어가는 길은 정말 멋지니 꼭 가보라고 할 수도 없으니까요. 해서 주로 사람들의 이야기를 들으면서 조용히 잔을 비웁니다. 오랜만에 사람들 사이에 있으려니 역시 겉도는 옷을 입고 있는 것처럼 어색하네요.

다음 날은 오르세 미술관Orsay Museum 개관 시간에 맞춰 아침 일찍 숙소를 나섭니다.

19세기 프랑스 미술은 당시의 물리학과 비슷한 상황에 있었습니다. 학문적으로 '이미 완성'되었거나 '거의 완성'되었다고 믿고 있었죠. 미술에서도 미학적인 양식미는 학문적으로 이미 다 밝혀졌고, 따라서 미술을 배우려면 아카데미에 들어가서 그 정수를 배우고, 그 양식에 맞게 그리면 된다는 인식이 지배적이었습니다. 지금 같아선 믿기지 않겠지만 말이죠. 미술 분야에서 이런 인식을 가졌던 사조를 지금은 '신고전주의'라고 부릅니다. 당시에는 이런 완성된 양식미를 충족하지 못하는 작품은 저속하다는 이유로 지탄받았고, 그 정점에는 대한민국 미술 전람회, 즉 국전國展의 모델이 되는 살롱salon이 있었습니다.

이제는 다들 아시겠지만, 살롱은 원래 술집을 이르는 말이 아니었습니다. 머리를 자르는 곳도 아니죠. 살롱은 커피하우스의 발전된 형태들 중 하나였습니다. 처음에 커피하우스는 주로 신흥 부르주아들이 주도했던—귀족들은 그들만의 클럽이 있었죠—토론과 사교의 장이었지만, 귀족들의 사교 클럽을 본떠 남성들만 출입할 수 있었습니다. 이에 사교적이고 교양 있는 귀족이나 부르주아 여성들도 참여할 수 있는 새로운 모임의 필요성이 대두되었고, 그 대안으로 제시된 게 귀족의 저택 거실에 명사나 예술가를 초빙해 사교 모임을 갖게 됩니다. 이후 도심에 이런 모임을 할 수 있게 대관해주는 거실이 등장했고, 그게 바로 살롱입니다. 네, 살롱의 원래 뜻이 거실입니다.

아, 그런데 국전의 모델이라고 하지 않았냐고요? 네, 국전처럼 수상자를 뽑는 미술 전시회도 살롱이라고 부르거든요. 그런 살롱 모임 중에는 화가와 후원자 들의 모임도 있었습니다. 국전의 모델이 된 최초의 살롱은 원래 화가들의 그림을 품평하고, 누구의 그림이 가장 좋았는지 이야기하는 형식으로 운영되었습니다. 매년 가지던 모임을 정기적으로 2년에 한 번 모이기로 하고, 미술 협회에서 주도하다가 끝내 국가에서 운영하게 되면서 루브르궁에 있는 살롱에서 진짜 살롱을 개최하죠. 모든 근대국가의 예술가 선정 방식의 모델이 되는 살롱은 이렇게 탄생합니다.

참가자들이 출품한 그림을 하나의 책자에 모두 담는 도록도 이때 처음 등장하고, 대상에 해당하는 로마상부터 등급별, 분야별 수상작을 선정하고, 신문에서는 평론가들이 국전 참가 작품에 관한 기사를 쓰면서 최초의 대중매체 예술비평의 시작을 알리죠.

문제는 그러다 보니 심사위원의 힘이 너무 막강해진 겁니다. 심사위원의 취향과 예술에 대한 호불호가 그대로 살롱에 반영되어 특정 사조가 상을 독식하죠. 그리고 이 성공한 화가이자 교수이던 심사위원들이 막강한 권한을 가지면서 당대 미술이 대중과는 유리된 채 아카데믹하게 발전하는 원인이 되기도 하죠.

이 긴 이야기를 왜 하는가 하면, 오르세 미술관은 이른바 당시 살롱에서 물먹은 그림들이 모여 있는 곳이거든요. 네, 이후 '인상주의'라 불리게 되는 사조의 그림들은 절대 살롱 미술에서 받아들일 수 없는 형태였던 겁니다. 당시 여성의 누드를 그리는 것은 문제가 안 됐지만, 누드를 그리기 위해서는 윤리적이고 도덕적인 목표가 있어야 했습니다. 기독교의 성인이나 신화 속 인물 같은 것 말이죠. 하지만 그림 「올랭피아Olympia」를 보면 그런 건 없습니다.

썩 에로틱하지도 않은 평범한 이 그림이 파리를 뒤집어 놓았던 건 바로 그 때문이었습니다. 이 그림은 당대 신고전주의 화가가 그린 누드화와, 그걸 찾는 사람들 모두를 비판하고 있습니다. '올랭피아'는 당시 매춘부들이 가장 흔하게 썼던 이름으로, 제목이 의미하는 바도 분명했죠. 이 그림을 그린 에두아르 마네Édouard Manet는 혹시나 다른 뜻으로 오해할까봐 발밑에 검은 고양이를 그려 넣는 것도 잊지 않았습니다. 이 그림은 '니들이 보고 싶은 건 결국 고상한 주제 의식 뒤에 숨기고 있는 얄팍한 욕망일 뿐'이라고 도발하고 있죠. 그래서 이 화가들의 그림은 당대 미술계에서 최고의 영예로 여겨졌던 루브르 미술관에 걸릴 수 없었습니다.

「올랭피아」의 실제 모델은 마네가 가장 좋아하는 모델이자 화가였던 빅토린 뫼랑Victorine-Louise Meurent입니다. 그녀는 실제로는 신고전주의 화가였고, 결국 마네와는 결별하게 되죠.

물론 오르세 미술관에는 당시 로마상을 받았던 주류 화가의 작품들도 있습니다. 앙리 르뇨Henri Regnault가 아마 프러시아 전쟁에 나가 전사하지 않았다면 그의 작품은 오르세가 아니라 루브르로 갔을지도 모르죠.

어쨌거나 회화가 완성됐다고 믿은 그 시점에 그에 반대한 비주류 화가들 사이에서 현대미술, 그중에서도 대중의 사랑을 가장 많이 받는 인상주의가 탄생했다는 게 재밌습니다.

오르세 미술관은 어디선가 한 번쯤 보았을 그림들이 많아서 미술에 문외한이더라도 즐겁게 관람할 수 있는 곳이 아닌가 싶습니다. 과거 기차역을 고쳐 만든 이곳은 공간 자체도 볼 만합니다. 역

▷▶ **Paris, France**

을 상징하는 멋진 시계도 많고, 위로 올라가면 파리 시내의 전망이 한눈에 들어옵니다.

오후 늦게 오르세 미술관에서 나와 센강을 건너 튈르리 공원에 있는 임시 천막으로 된 카페에 들어가 따뜻한 뱅쇼와 프랑스식 홍합찜을 먹습니다.

숙소로 돌아오니 전날 함께 식사했던 손님들이 에펠탑을 보러 가자고 합니다. 일몰 직후 점등하는 에펠탑은 확실히 한 번쯤 볼 만한 광경이죠. 하지만 그냥 숙소에서 자기로 합니다. 솔직히 지금 제게 필요한 건 여행도, 관광도 아닌 휴식이니까요. 더구나 몽생미셸로 가는 패키지여행을 예약해놨기 때문에 자정까지 개선문으로 가야 했거든요.

한숨 자고 일어나 숙소에서 다시 나옵니다. 문 닫힌 명품 숍들이 즐비한 개선문에 도착해 대기하고 있는 관광버스를 탑니다. 출발하기 전 버스의 가이드는 아침에 에트르타Étretat에 도착할 때까지 자면 된다고 합니다. 식사는 아침엔 버스에서 샌드위치를 주고, 점심은 옹플뢰르Honfleur에서 알아서 먹으면 되고, 저녁은 몽생미셸에서 먹는답니다. 패키지여행, 좋군요.

패키지여행 만세!

몽생미셸로의 시간 여행?

버스에서 한숨 자고 일어나니 낯선 프랑스의 휴게소입니다. 시간이 시간인지라 열려 있는 가게는 거의 없습니다. 패키지여행을 함께하는 다른 여행자들은 문 닫힌 가게도 신기한 듯 구경하고 있지만, 저는 카푸치노를 뽑아 들고 밖으로 나섭니다. 그리고 구글 지도를 켜고 위치를 확인합니다. 루비에Louviers와 루앙Rouen 사이에 위치한 휴게소군요.

밖은 정말 한 치 앞도 보이지 않을 만큼 새벽안개가 몰려오고 있습니다. 아마도 바다에서 밀려왔을 이 안개는 바다 쪽으로 다가갈수록 짙어질 모양입니다. 다시 꿀잠을 잘 수 있겠구나, 생각하며 버스 등받이에 머리를 대기 무섭게 잠이 듭니다.

다시 눈을 뜨자 안개 너머로 껑충하고 앙상한 가로수들과 초원이 보입니다. 이슬비가 내려 도로는 촉촉하게 젖어 있고, 안개 사이로 희미한 그림자가 보입니다. 르아브르Le Havre로 건너가는 노르망디 대교입니다. 대교를 건너는 동안 잠에서 완전히 깨어나 창밖을 봅니다. 습지 위를 가로질러 고속도로에서 내려온 버스는 초원이 펼쳐진 지방도를 달립니다. 초원의 안개 너머로 젖소들이 나타났다 이내 사라지곤 합니다.

다행히 빗줄기는 가늘어지고 있습니다. 비가 내린 덕분인지 안개도 제법 걷혔지만 여전히 10미터 앞이 제대로 보이지 않네요.

순간 가이드의 목소리가 들려옵니다. 자신이 에트르타에 늘 오지만 열 번 오면 맑은 날이 3일 정도밖에 안 된다면서 큰 기대는 하지 말라고 합니다. 그리고 오늘 일정을 알려줍니다. 가이드가 안내하는 관광은 몽생미셸뿐이고, 나머지는 자유 시간이며, 의무적으로 해야 하는 쇼핑도 없답니다. 현지에서 예약하는 패키지여행에 감탄합니다.

버스에서 내려 바다로 갑니다. 바다에 도착하자 놀랍게도 안개가 걷혀 있습니다. 옛날부터 아름다운 바닷가 절벽으로 유명했던 에트르타는 화가들에게도 좋은 소재가 되었죠. 사실주의 화가 쿠르베는 물론 인상주의 화가 모네도 여기 포함됩니다. 특히 모네는 저 절벽을 엄청나게 사랑해서 그림을 수십 점이나 그렸습니다.

다행히 안개가 걷히면서 푸른 바다를 볼 수 있었습니다. 덕분에 드론을 날려 모처럼 풍경 영상도 찍어봅니다. 영상을 찍으면서 보니 육지에 안개가 남아 있는 게 좀 더 신비로운 풍경을 만들어내는 것 같습니다.

에트르타 안쪽에는 형이 국민학생 시절 좋아했던 『기암성』과 『괴도 뤼팽』을 쓴 모리스 르블랑Maurice Leblanc의 집이 있습니다. 『기암성』에서 셜록 홈즈가 뤼팽과 대결하는 곳이 에트르타의 바닷가 흰 절벽인데, 음… 자기가 사는 동네 절벽에서 당시 가장 잘나가는 괴도와 탐정이 싸웠던 격입니다.

주차장에서 가이드가 나눠주는 잠봉뵈르 샌드위치를 받아 다시 버스에 오릅니다. 이곳에서 쿠키와 누가를 사서 맛있게 먹었던 기억이 있는지라 이번에도 좀 사고 싶었지만 너무 이른 시간이라

▷▸ Le Mont-Saint-Michel, France

아직 파는 가게가 없습니다.

버스에 올라타기 무섭게 다시 잠이 들었다 눈을 뜨니 옹플뢰르입니다. 옹플뢰르라는 이름은 들어보지 못했어도 사과 증류주 칼바도스는 아는 사람이 많을 겁니다. 네, 그 칼바도스가 유명한 항구도시죠. 원래 군사항으로 출발해 상업항을 거쳐 지금은 작은 어촌으로 이뤄진 아름다운 도시입니다. 크고 작은 성당과 오래된 집들이 있어서 역시나 인상주의 화가들의 사랑을 받은 도시였죠. 노르망디 지방답게 영국 남부 스타일의 포구를 볼 수 있고, 한때 배와 가구를 만드는 목공들이 살던 도시답게 아기자기하고 작은 아름다운 소품들이 많아 산책할 맛이 납니다. 지금은 전형적인 관광도시가 되어 사방이 기념품 가게라 쇼핑하기 좋은 곳이기도 합니다만, 포구에서 벗어나 안쪽으로 들어가면 아주 예스러운 골목이 반겨주는 곳입니다.

이렇게 전에 한 번 가본 곳들을 다시 돌아보며 예전에 이곳에 왔을 때를 떠올려 봅니다. 야경이 멋진 곳이라 밤에 와도 좋을 텐데, 하는 생각을 하며 홀로 산책하다가 버스에 마지막으로 아슬아슬하게 도착합니다.

다시 등을 대고 눈을 감았다 뜨자 몽생미셸까지 순간 이동을 해 있습니다. 와, 패키지여행이란 이런 거군요.

거의 1,000년에 걸쳐 증축된 탓에 층마다 다른 건축양식을 보여주는 몽생미셸은 건축을 공부하는 사람이라면 한 번쯤 가볼 만한 곳이 아닐까 합니다. 심지어 같은 홀의 절반은 로마네스크 양식으로, 나머지는 초기 고딕 양식으로 지어진 경우도 있습니다. 처음

▷▶ Le Mont-Saint-Michel, France

엔 수도원 소속이었다가 요새였다가 프랑스 소유였다가 감옥으로 사용되는 등 오락가락하는 동안 끊임없이 증축되었거든요. 원래 성당이 있었던 자리가 낙뢰로 인한 화재로 발코니가 되고 다시 그 자리에 탑이 들어서고, 시체를 내려 보내던 통로가 나중에는 식량을 끌어올리는 기중기 통로가 되는 등 형편껏 고쳐 썼다고 하는데, 당대에는 꽤나 흉물스러웠을 건물이 수백 년이 지난 지금은 마치 하나의 몸뚱이처럼 자연스럽고 아름다워 보입니다. 왠지 만감이 교차하네요. 시간 앞에서 양식미라는 것이 얼마나 덧없는가 싶기도 하고, 1,000년의 세월이 쌓이면 무엇이 되든 돼서 세계적인 문화유산이 되는구나, 하는 생각도 듭니다.

추운 계절에 온 탓인지 번잡하기로 유명한 몽생미셸은 고즈녁합니다. 가이드의 마지막 안내가 끝나기 무섭게 저는 차에서 달려나가 이번 여행 중 마지막으로 드론을 날려봅니다. 어둠 속에서 불을 밝힌 몽생미셸도 아름답군요. 어두운 탓에 꼭대기에 있는 미

▷▶ Le Mont-Saint-Michel, France

▷▶ **Le Mont-Saint-Michel, France**

카엘상은 보이지 않지만요.

버스 앞에서 가이드가 돌아올 때까지 패키지여행을 함께한 사람들과 처음이자 마지막으로 잠깐 대화를 나눕니다. 영국에서 유학하고 집으로 돌아가는 길에 여행차 들렀다는 청년과 회사를 때려치우고 여행하는 중이라는 여자, 그리고 방학 중에 왔다는 학생과 10분쯤 이야기를 나눕니다. 뭐, 패키지여행에서도 누군가와 이야기하는 건 이 정도가 전부군요. 새삼 여행의 형태가 나라는 인간이 여행하는 모습까지 바꿀 수는 없구나, 싶습니다. 소중한 누군가와 함께 여행한다면 그 사람의 여행 형태에 나름 맞추겠지만, 그게 아니라면 늘 이런 식이겠죠. 무엇을 타고 다니든 말이죠. 하지만 패키지여행에서 자고 일어나면 목적지에 도착해 있는 건 정말 좋네요.

이런 생각을 하며 다시 버스에 올라타기 무섭게 잠이 듭니다. 정말 피곤하긴 한 모양이네요.

눈을 뜨니 익숙한 개선문이 보이고, 자정을 조금 넘긴 시간의 파리입니다. 이렇게 무박 3일의 패키지여행이 끝나고, 몇 시간 후면 서울로 돌아가야 합니다. 그러니 서둘러 민박집에 돌아가 자야겠습니다.

『레 미제라블』은 왜『레 미제라블』인가?

어떤 문학사적 성취에 대하여

이른 새벽, 숙소로 돌아가기 위해 탄 택시가 뤽상부르Luxembourg공원 앞을 지나갑니다. 길 가장자리로 고압 살수차가 지나가고, 어두운 뤽상부르공원 담벼락 너머로 거대한 가로수의 실루엣이 보입니다. 『레 미제라블』에서 코제트와 마리우스가 재회한 이 공원은 왕정 몰락 전에는 궁전이었죠.

프랑스를 떠나기 전 작가라는 직업에 걸맞게 이 여행 중 처음이자 마지막으로 문학 이야기를 해보려고 합니다.

문학이 할 수 있는 여러 성취가 있을 겁니다. 물론 문학은 용도 따위가 없을 때야말로 가장 훌륭하다고 생각하지만, 제 개인적인 생각과 별개로 누군가에게는 어떤 성취나 효용이 무엇보다 중요할 수 있죠. 그런 측면에서 가장 위대한 문학사적 성취를 꼽자면 그중 하나가 『레 미제라블』이 아닐까 합니다.

지금 학생들은 아는지 모르겠지만, 독서가 교양 있는 행위로 취급받던 시절에는 학생 대부분이 『레 미제라블』을 축약본으로 읽었습니다. 원작은 대하소설에 걸맞게 상당한 분량을 자랑하거든요. 보통 『장발장』이라는 제목을 달고 있었던 축약본은 일본판을 중역한 것들로, 세계 동화 전집이나 문학 전집에 포함된 편집본이었죠.

빵 하나 훔친 죄로 감옥에서 19년을 살았던 장발장 이야기를 왜 위대한 문학적 성취라고 하는지 요즘 사람들이 잘 모를 겁니다. 그저 세계 문학 전집에 포함돼 있는 걸 보니 훌륭한가 보다 할 뿐이죠.

『레 미제라블』은 물론 원작 자체도 훌륭한 작품이지만 당시의 프랑스, 나아가 유럽 사회를 이해해야만 이게 얼마나 위대한 작품인지 이해할 수 있습니다. 『레 미제라블』이 오늘날 훌륭한 동화나 언더도그마under dogma의 전형으로 평가받고 있는가 하면, 심지어 '레 미제라블 콤플렉스'라는 이름으로 사법적인 온정주의를 비판하는 데 쓰이고 있지만, 이러한 몰이해의 상당 부분은 제목을 제대로 이해하지 못하고 있기 때문입니다.

'레 미제라블'을 '가난한 사람들', '불운한 사람들' 정도로 사전은 설명하고 있죠. 하지만 당대에는 지금 여러분이 느끼는 의미와는 전혀 다른 톤으로 쓰였습니다. 이 부분에 관해 좀 오래전으로 거슬러 올라가 설명해 보겠습니다.

중세나 르네상스 시대의 유럽이 대단하다고 느끼는 점 중 하나는, 흑사병이나 큰 화재 같은 재난 시의 사망자 수를 한 자릿수까지 표기하고 있다는 겁니다. 심지어 이 숫자는 지역 단위로 매우 정확하게 표기되어 있죠. 이게 가능했던 것은 유럽이 발전돼 있어서가 아니라 실은 유럽이 교구로 이뤄진 사회였기 때문입니다. 당시 교회는 한 인간의 죽음을 완벽하게 장악하고 있었습니다. 그 시절 유럽인들에게는 천국에 가기 위해서는, 혹은 예수가 다시 오는 날 부활하기 위해서는 병자성사를 받은 후 반드시 교회 묘지에 묻혀야 한다는 인식이 있었습니다. 그리고 각 교구는 교구 관리를 위해 매해 교회 무덤에 묻힌 시신의 수를 바티칸에 정확하게 보고해야 했죠. 교회법상 교회 무덤에는 반드시 적법하게 죽은 사람만 안장을 허락했기에 단순히 숫자뿐만 아니라 사인까지 보고해야 했고, 이게 바로 큰 재난 시기에조차 사망자 수가 한 자릿수까지 정확하게 남아 있을 수 있었던 이유입니다.

흑사병이 유럽을 휩쓸고 간 이후 학자들은 이 기록을 이용해 큰 재난이 끼친 영향을 분석하려 했는데, 여기서 우리가 아는 유럽의 통계가 처음 등장─물론 수학을 통계적으로 사용한 사례는 다른 문화권에도 있었습니다만, 이후 보다 고도화된 형태로 발전하지 못했죠─하게 됩니다.

그리고 그 통계를 처음 주목한 것은 수학자들 말고도 또 있었는데, 그들은 바로 이제 막 탄생한 절대왕정의 관료들이었습니다. 당시 유럽에는 세금 징수원이라는 직업이 있었습니다. 세금 징수라는 것은 봉건국가에서는 꽤나 까다로운 업무일 수밖에 없었기에 국가나 영주는 세금 징수권을 각 지역의 유지나 그에 준하는 지식인 들에게 팔곤 했습니다. 그리고 징수원은 재량껏 세금을 징수해 목표 세금을 거둬들인 뒤 국가나 영주에게 바치고 나머지는 자신이 먹었죠.

하지만 절대왕정 시대에는 시대 특성상 세금 한 푼이 아쉬웠습니다. 영주나 이웃 나라와 전쟁을 하려 해도 돈이 필요했고, 화려한 궁전을 지으려 할 때도 돈이 필요했으니까요. 막대한 농업생산력을 토대로 유럽의 최강자로 떠오른 프랑스나 국왕 주도로 주변국들과 전쟁하며 빠르게 근대화를 추진했던 프로이센이 특히 그랬습니다. 그들이 주목한 것이 바로 사망자 통계였습니다. 사망 인구 통계를 낼 수 있다면 출생 인구 통계도 낼 수 있겠죠. 네, 세례 받은 사람 통계를 근거로 살아 있는 사람 통계를 낼 수 있는 거죠. 그리고 살아 있는 사람들에게는 세금을 징수하는 겁니다.

이렇게 통계는 절대왕정 시절 관료들의 주도로 발전하게 됩니다. 그리고 각국에서는 이 세금 징수에 필요한 자료를 모으면서 다양한 국가 지표를 얻게 됐죠.

아니, 문학 이야기를 한다더니 왜 통계 이야기를 하냐고요? 거의 다 왔습니다. 조금만 기다려주세요.

국가별 통계가 나오면서 여러 충격적인 사실이 밝혀지게 됩니다. 이를테면 수명과 소득과의 관계랄지, 우범률과 소득과의 관계랄지 하는 유의미한 지표들이요. 특히 주목받았던 건 하위층에 관한 지표였습니다.

처음에 관료들은 자선에 인색한 신교가 지배하는 국가에 가난한 사람이 더 많을 거라거나, 국가의 정책이나 정부의 형태에 따라, 자선 병원이 많고 적음에 따라 가난한 사람의 비율이 달라질 거라 생각했죠. 하지만 놀랍게도 빈곤층 비율은 어느 나라나 비슷했고, 이들의 삶은 국가가 어떻게 개입하더라도 전혀 변화가 없는 것처럼 보였습니다. 더구나 범죄자들은 늘 재범을 저지른다는 통계도 있었죠. 우리나라에는 오래전부터 "가난은 나라님도 못 막는다"라는 속담이 있지만, 이를 몰랐던 당시 유럽의 지식인들은 이 통계를 접하고 큰 충격에 빠집니다.

중세까지만 해도 가난은 하층민들에게 주어진 사회적 의무로 받아들여졌습니다. 하층민들에게 행하는 자선은 다른 계층이 천국으로 갈 기회를 마련해주는 행위였고요. 그리스도가 천국이 저희 것이라고 이미 천명한 상태였으니까요. 그런데 근대에 이르러 이러한 인식은 변화합니다. 이미 교회의 위상은 그전 같지 않았습니다. 무엇으로도 가난을 없앨 수 없다면 국가가 굳이 가난을 구제해야 할 이유가 없다고 여기게 된 것입니다. 이런 인식하에서는 가난한 자들이 범죄를 저지르면 그냥 그들을 사회에서 격리함으로써 범죄를 없애면 되는 거죠. 당대의 지식인들은 바로 여기에 보다 나은 사회를 만들 답이 있다고 생각합니다. 즉, 빈민을 감금하고 고립하는 것이 곧 사회적 진보라는 사상이 탄생한 거죠.

이렇게 16세기부터는 가난을 죄로 여기게 됩니다. 파리시 당국은 16세기 후반, 가난한 사람과 거지 들을 잡아들여 강제 노역을 시키는 법을 통과시키죠. 에스파냐의 가톨릭계 인문주의자였던 후안 루이스 비베스Juan Luis Vives 같은 사람조차 빈민을 철저하게 감시하고 감금할 것을 권할 정도였죠. 영국의 경제학자 토머스 로버트 맬서스Thomas Robert Malthus는 노골적으로 가난을 '천성적으로 게으른 혈통 탓'이라 비난하며, 그러한 빈민들이 애를 무책임하게 낳기에 다가올 파국에 관한 묵시록적 경고를 하죠.

통계를 잘못 해석하면 이런 실수를 저지르게 됩니다. 통계는 결과 값만을 모아놓은 것으로, 인과를 보여주지 않습니다. 통계 자체가 인과와 직접 관련이 있는 경우도 있지만, 실은 인과관계가 성립되지 않거나 인과는 따로 있지만 어떤 공통의 요소로 연동된 값을 나타내는 경우도 있거든요. 이를테면 물을 마시는 모든 사람은 100년 안에 죽으니까 이 통계만 보고 물은 독이라고˙해석할 수도 있는 겁니다. 좀 극단적이라고요? 비슷한 실수는 현대사회에서도 자주 범합니다. 혈중 콜레스테롤 수치가 높으면 대사질환 발병 가능성이 높다는 통계가 있는데, 이를 근거로 1960년대부터 2000년대 초반까지는 지방을 성인병의 주범으로 여겼죠. 하지만 최근, 혈중 콜레스테롤 수치가 높은 것이 지방 섭취와 직접적인 관계는 없어 보인다는 결과가 나왔죠.

어쨌거나 18세기 후반, 19세기에 이르러 유럽 사회의 주도권은 귀족에게서 부르주아지에게로 넘어갑니다. 영국은 양모 산업에 밀려 농업을 기반으로 하는 자영농과 영주 들이 몰락하기 시작했고, 프랑스에서는 부르주아지가 상업적 독점권을 가지고 성장했으며, 무엇보다 혁명이 일어났죠.

부르주아들은 노블레스 오블리주noblesse oblige를 당연한 것이라 생각했던 귀족들과 달리 자선을 무가치한 것이라고 봤습니다. 가난은 게으른 천성 탓에 그들이 받아야 하는 천형 같은 것이므로 자선을 행해야 할 이유가 없고, 자선 자체가 가난한 이들에게서 노동의 절박성을 앗아가기에 오히려 가난한 자들을 더욱 게을러지게 하는 원인이고, 때문에 상태를 악화시킬 뿐이라고 본 거죠.

자본주의 사회에서는 자본이 돈을 벌어주기에 부르주아가 부자인 건 부지런함과 아무 상관이 없다는 걸 지금은 다들 알지만, 이때 사람들은 몰랐거든요.

그리하여 절대왕정 후반기나 혁명정부 초기는 가난한 자들에게 그 어느 때보다 가혹한 시대였습니다. 자본주의와 제국주의는 유럽 사회에 풍요를 선사했지만, 극빈층은 채 서른 살을 넘기기 힘들었고, 가난한 아이들은 여덟 살이 되면 하루 16시간씩 공장에서 일해야 했죠. 그리고 범죄자, 빈민, 장애인, 집시, 거지, 노숙자는 사회로부터 철저하게 격리되죠. 미셸 푸코Michel Foucault가 『광기의 역사Histoire de la folie à l'âge classique』나 『감시와 처벌Surveiller et punir』에서 국가 권력이 약자를 어떻게 감금하는가 하는 비판을 집중적으로 했던 바로 그 시기죠.

당시 관료들은 역시나 이런 상황을 통계화했습니다. 그리고 그 통계 분류에서 최하층, 극빈층 칸에는 경멸의 의미를 담아 이렇게 적었죠. '레 미제라블.' 네, 그 『레 미제라블』입니다. 당시 이 제목에는 지금의 사전적 의미인 '가난한 사람들'만이 아니라 '경멸과 혐오'의 의미까지 담겨 있었습니다. 그러니까 빅토르 위고Victor Hugo는 관료들이 통계나 분류 서류 따위에 남겼던 레 미제라블이라는 그 구제받을 수 없는 존재가 실은 사람이며, 그들도 적당한 기회가 주어진다면 변화할 수 있고, 한 사회의 구성원으로서 역할을 할 수 있다고, 그들이야말로 시민사회의 근간을 이룰 수 있고, 더 나아가 구원받을 수 있다고 소설을 통해 보여준 것입니다.

왜 그토록 자베르가 장발장을 집요하게 쫓아다니며 감시하고 처벌하고 싶어 했는지 이제 이해할 수 있을 겁니다. 지금은 기묘해 보이기까지 한 자베르의 그런 인식은 놀랍게도 당시 가난한 사람들에 대한 지식인들의 보편적인 인식이었거든요.

완역본 소설에서 장발장이 처음 등장하기 전까지 중편소설 한 권 분량으로 미리엘 주교에 관한 이야기를 풀어놓는 것도 이 때문입니다. 『레 미제라블』을 두고 '언더도그마의 전형'이라고 비판하기도 하지만, 위고는 한 인간을 변화시키는 게 얼마나 어려운 일인지를 미리엘 주교를 통해 보여줍니다. 평생 자선을 위해 살아온 한 인간이 자신이 행한 선행에 대한 보답으로 가진 것을 도둑맞았을 때, 그 대상을 용서하는 것도 모자라 남은 것까지 주는 자기희생을 할 때에야 비로소 한 인간을 감화시킬 수 있다는 걸 보여주니까요.

심지어 그런 일을 겪은 직후 장발장은 평생 미리엘 주교를 본받아 살아가겠다고 맹세하지만, 그 순간 무의식적으로 한 아이의 은화를 빼앗으려 해서 이러한 변화가 얼마나 어려운 것인지를 한 번 더 보여줍니다. 그가 진정 변화하는 건 사업에 성공해 부자가 되고 시장이 되었을 때가 아니라, 자기를 대신해 다른 사람이 누명을 쓰고 감옥에 가게 되자 자신이 가진 모든 것을 버리고 감옥으로 돌아가기로 결정하면서였습니다. 그뿐 아니라 자신이 행했다고 믿었던 선의 총체인 공장에서 쫓겨나 죽어가던 팡틴의 딸 코제트를 위해 평생을 헌신하기로 결심했을 때였죠.

그뿐만이 아닙니다. 팡틴은 사회에서 밀려 떨어진 약자가 얼마나 비참한 지경까지 굴러떨어질 수 있는지, 그리고 그 몰락이 단순한 게으름이나 도덕적 타락이라 꼬리표 붙일 수 있는 것이 아니라는 것을 보여줍니다.

이런 식으로 『레 미제라블』의 모든 인물은 19세기의 시대적 상황과 계층의 인식을 대변합니다. 자베르가 사회의 부당함을 인식하고 있음에도 전과자나 범죄자를 절대 용서하지 않고 반드시 감금시키려고 하는 것이나 혁명과 폭력의 의미를 오용하는 몇몇 공화파 혁명가들, 어린아이를 착취하는 걸 당연시하는 사회 분위기, 왕당파와 공화주의자 그리고 보나파르트파 간의 대립 등 정말 다양한 스펙트럼을 담고 있고, 따라서 각각의 인물은 그런 시대적 대표성을 지니고 있죠.

아, 『레 미제라블』이라는 소설이 대단한 건 알겠는데 그게 통계 용어라는 해석은 좀 과하다고요? 원작에 나오는 자베르에 관한 묘사를 보시죠.

"자베르는 법무부 연간 통계표 '깡패' 카테고리에 있는 모든 이들에게 공포의 대상이었다."

1802년 생인 빅토르 위고는 1848년 2월 혁명이 일어난 직후 국회의원으로 당선됩니다. 따라서 공문서에 나오는 이 통계 용어를 몰랐을 리가 없죠. 더구나 그는 나폴레옹 삼세가 집권하던 시기에 관직에 있었는데, 이때 수많은 자베르와 마주쳐야 했죠.

우생학, 골상학과 더불어 통계에 근거해 감금과 멸시, 차별이 당연시되던 이 시대에 노老 작가가 쓴 소설은 그 학문적 근거라는 것이 얼마나 얄팍한 것이며, 인간은 변화할 수 없다는 인식에 대해 그것은 매우 어려울 뿐 가능하며, 보다 나은 시민사회를 만들기 위해서는 그 어려운 일을 해내야 한다고 역설합니다. 그리고 그 결과 가난은 죄고 감금과 격리의 대상이라는 '합리적인 인식'은 점차 사라지게 됩니다.

물론 이 소설이 그 모든 변혁을 이끈 것은 아닙니다. 공산주의 사상이 등장해 자본주의가 지니고 있는 구조적인 모순을 드러내 보이며 자본주의 혹은 근대국가 내에서도 국가가 경쟁력을 지니기 위해서는 안정적이고 잘 교육된 시민이 필요하며, 이를 위해서는 복지라는 사회 안전망이 필요하다는 인식이 대두됩니다. 대부분의 복지가 19세기 후반 영국, 프랑스가 보다 숙련된 기능공을 확보하기 위해 벌인 경쟁 과정에서 탄생한 것처럼 말이죠.

『레 미제라블』은 일부의 인식처럼 단순히 언더도그마를 주제로 한 상투적인 소설이 아닙니다. 한 인간이 다른 인간을 변화시킬 수 있는가에 대한—미리엘과 장발장, 장발장과 팡틴, 장발장과 코제트, 장발장과 자베르, 장발장과 마리우스가 서로를 변화시키는—이야기이자 당시의 사회적 통념에 정면으로 맞선 소설이었습니다. 그렇기에 진정 문학사적으로 위대한 성취로 꼽을 수 있는 거죠.

어쨌든 모든 여행은 끝납니다

돌아가는 날입니다. 공항으로 출발하려는데 같은 숙소에 묵었던 한 아가씨가 함께 가자고 합니다. 드골 공항에서는 처음 비행기를 타는 거라며, 비행기 출발 2시간 전쯤에 가면 되냐고 묻습니다. 보통 다른 도시에 있는 공항이라면 그게 맞습니다. 하지만 이곳의 행정 절차는 어떤 종류든 한국에서의 속도를 생각하면 안 됩니다. 특히나 드골 공항은 예쁘기는 하지만 터미널이 비효율적으로 배치된 탓에 접근성이 최악이고, 진입하는 과정 자체가 인내를 필요로 할 정도로 교통 체증이 심하기 때문에 그 시간까지 염두에 두어야 합니다.

지하철은 안 늦는다고요? 그럴 수 있죠. 하지만 대신 파업을 합니다. 그리고 시 외곽으로 갈수록 예정 시간보다 배차 간격이 깁니다. 파업 안 할 때는 어떠냐고요? 우연인지 불운인지 파리를 여행했던 지인들 중 지하철이나 철도가 파업을 안 하더라고 말한 사람이 없었습니다. 그래서 잘 모르겠네요.

상사가 거지 같아서 회사를 때려치웠다는 그 아가씨는 지인이 유학하고 있는 영국으로 간다고 하네요. 영국에서 서울로 가는 비행기가 너무 비싸서 영국을 경유할 생각은 엄두도 못 낸다는 제

말에 그녀는 이미 6개월 전에 돌아갈 비행기를 예약해 뒀다 하더 군요. 아, 반년 전부터 사직서를 품고 회사에 다니는 기분은 정말 이지 어떨까요?

공항에 도착해 그녀에게 즐겁게 여행하라고 인사한 후 보안 검 색을 위해 줄을 섭니다. 그런데 줄은 도무지 줄어들 생각을 않습 니다. 30분이 지나도록 3미터도 나아가질 않아요. 이대로 출국 못 하는 건 아닌가, 슬슬 걱정하고 있을 때 검은 양복을 입은 남자가 나타나 저를 포함해 제 뒤에 있는 사람들에게 자신을 따라오라고 하더니 비즈니스 클래스 이상만 이용할 수 있는 패스트 트랙으로 저희를 데려갑니다. 공항 직원이 막아서자 불어로 뭐라 뭐라 한참 언성을 높이더니 보안 수속을 밟기 시작합니다. 덕분에 순식간에 출국장으로 들어갈 수 있었습니다.

그 뒤 비행기에서 눈을 감았다 뜨니 경유지인 바르샤바 공항이 었고, 다시 비행기에 타 눈을 감았다 뜨니 인천 공항이었습니다. 정말 피곤하긴 했던 모양입니다.

돌아온 서울은 여느 때와 같았습니다. 올림픽대로는 지독하게 막혔고, 날씨는 쌀쌀했으며, 무표정한 사람들은 바쁘게 지나갔습 니다. 그 냉담함이 무척 반갑더군요. 집으로 돌아와 넉 달 만에 켠 TV에선 중국 우한에서 괴질이 발생했고, 중국 정부가 잘 통제하 고 있다는 짧은 뉴스가 나옵니다. 앞으로 어떤 일이 일어날지 모 른 채 창을 열고 청소를 하고 밀린 일들을 처리합니다.

여행을 가기 전처럼 일에 치여 살며 혹은 일을 굳이 만들며 소 설도 쓰고 시나리오도 쓰고 이 여행기도 쓰고 무언가 많이 썼습니다. 여행 중에 사진과 영상도 잔뜩 찍었지만, 어째서인지 클라우드에 업로드해놓고는 열어보지도 않았습니다.

한 달 뒤 오토바이가 인천항을 통해 돌아왔습니다. 두꺼운 패딩을 입고 한 달 만에 오토바이를 탔는데, 춥더군요. 어느새 한 겨울이었으니까요. 그리고 이 모든 여행을 통틀어 처음으로 다른 운전자에게 치어 죽을 뻔합니다. 인천에서 나오는 고가도로에서 렉스턴 스포츠 한 대가 끼어들기를 하며 제 오토바이를 거의 깔아뭉갤 뻔한 겁니다. 경적을 울리고 급브레이크를 밟았음에도 짐칸이 앞바퀴를 스치고 지나가는 아슬아슬한 경험을 합니다. 이탈리아에서도, 러시아에서도 못 했던 정말이지 놀라운 경험이었습니다.

그 무렵 중국 우한에서 발병한 호흡기 질환이 '코로나-19'라는 정식 명칭을 얻었고, 고립과 단절의 시기가 찾아오면서 오토바이에는 먼지만 쌓였습니다. 그럼에도 제 삶에는 큰 변화가 없었습니다. 코로나 이전에도 자가 격리를 하며 살고 있었거든요. 네, 다시 원래의 삶으로 돌아간 거죠.

여행은 그렇게 끝났습니다. 거창한 결말도, 화려한 레드 카펫도 없이 시작이 그랬던 것처럼 갑자기 끝나버렸습니다. 어쨌든 모든 여행은 어떤 식으로든 끝나는 법이니까요. 다음 여행을 떠나기까지는요. 무언가 아름답고 멋진 교훈을 줄 수 있다거나 거창하게 마무리할 수 있으면 좋겠지만 그럴 수 없는 게 아쉽네요. 여행이 사람을 바꿔준다거나 자아를 찾아준다거나 무슨 일인가가 일어나게 해줄 수 있다고도 합니다만, 적어도 저는 그런 부류는 아닌 것 같습니다. 다만 전보다 덜 열심히 살게 됐습니다. 이제 한계까지 자신을 몰아붙이며 하루를 쪼개고 쪼개 글을 쓰는 일은 하지 않게 됐습니다. 불행과 경주하며 스스로의 한계까지 쥐어짜내는 식의 창작도 있겠지만 뭐, 저까지 그럴 일 있나요.

그렇다고 이 긴 여정이 무의미했는가 하면 꼭 그렇지만도 않습니다. 다시, 어쩌면 여행의 목적이었을지 모를 알프스의 고타드패스로 돌아가보겠습니다. 스펙터클한 결말을 내려면 가장 극적인 순간으로 돌아가 보는 것도 나쁘지 않겠죠.

그날 고타드패스로 향하는 길은 쨍한 차가운 공기가 살얼음처럼 날 서 있었습니다. 산등성이들이 성큼 다가와 코앞에서 느껴질 정도로 청명한 날씨였죠. 숨을 쉴 때마다 차가운 공기에 정신이 또렷해졌습니다. 단기통 엔진의 진동이 배를 파고들고, 엔진의 온기가 정강이에서 느껴졌죠. 굽은 길을 돌 때마다 병풍처럼 펼쳐지던 청갈색의 산 풍경은 고도가 높아질수록 점차 청백색으로 빛났고, 산 능선을 따라 눈발이 빛나기 시작했습니다. 그리고 희미하게 보이는 산 정상의 끝에서는 바람이 불 때마다 하얗게 눈보라가 일어났습니다.

그렇게 모퉁이를 돌며 보았던 비탈길의 끝에서는 운무가 산 정상을 타고 넘으며 물처럼 흘러가다가도 이내 흩어지고, 그 하얀 구름 사이로 코발트 빛 하늘이 드러나는 게 보였습니다. 수목한계선을 넘어서자 산은 눈과 돌이 만든 우뚝한 형상으로 변해갔습니다. 산 그림자 속으로 들어갔다 나올 때마다 온도 차가 느껴졌고, 명암이 교차하며 만드는 흑백의 산은 흰빛에 강한 청색이 돌다가 다시 황금빛 도는 흰색으로 바뀌어 갔습니다. 그 미묘한 빛의 일

렁임을 따라 정상으로 이어진 능선에 올랐을 때 옛길로 빠지는 교차로를 발견했습니다. 그곳에서 한 남자가 자전거를 세워놓고 옷을 갈아입고 있더군요. 저는 오토바이를 몰고 고타드 옛길로 들어갔습니다. 첫눈과 서리를 맞아 하얗게 빛나는 길바닥의 돌들은 마치 흰 성벽 같았고, 그런 하얀색 길이 청록색의 차가운 호수를 끼고 고지로 쭉 이어져 있었습니다. 돌과 눈으로 이뤄진 고지를 둘러싼 봉우리들은 차갑고 선명하게 빛났고, 그 모습이 너무 아름다워서 조금쯤 슬펐습니다. 어떤 경외심이 이내 제 안으로 흘러 들어와 그 어느 때보다 선명하게 '세상이 실존하며, 내가 살아 있구나' 하는 느낌이 들었습니다. 그러나 나라는 존재를 압도하는 그 명징한 아름다움 앞에 저는 그저 넋 놓고 달리는 수밖에 없었습니다. 아마도 흔히 '숭고미'라 부르는 그런 종류의 압도적인 아름다움이었겠죠.

혼자 상상하고 글을 쓰며 먹고살다 보면 현실보다는 저쪽 세상에 더 오래 있게 됩니다. 산책하면서 존재하지 않는 인물들의 이야기를 듣고, 밥을 먹으면서도 존재하지 않는 세상의 모습을 떠올립니다. 그러면 정작 저 자신은 희미해져 한없이 희박한 자아를 갖게 되죠. 그 투명한 세계에 살다가 조금은 괴로운 여행 끝에 마주한 실재하는 명징한 세계였습니다. 너무나 선명해서 부정할 수 없는 실존하는 세상이었죠. 제 머리 밖에도 세상은 존재했고, 그것의 어떤 부분에는 상상만으로는 존재할 수 없는 아름다움이 아주 선명하게 존재하고 있었던 겁니다.

첫눈으로 얼어붙은 도로에서 오토바이 뒷바퀴가 미끄러져 넘어질 뻔하지 않았다면 그곳에 넋을 빼앗겼을지도 모릅니다. 죽을 뻔했다는 생각에 등에 식은땀이 났고, 산 정상의 차가운 공기가 확 느껴졌죠. 그리고 마주합니다. 눈 때문에 길을 폐쇄했다는 표지판을.

현실은 언제나 현실적입니다. 그래서 이런 식의 갑작스러운 결말도 찾아오곤 하죠. 그러니 이 글도 현실적으로 여기서 끝내도록 하겠습니다. 네, 물론 여러분이 읽고 계신 이 책은 책일 뿐 현실은 아니니까 이런 식으로 마무리 지을 이유는 없겠죠. 그냥 이 이야기를 하고 싶었습니다. 여행을 하든 하지 않든, 바쁘든 바쁘지 않든 아주 잠깐 여러분을 둘러싼 현실에서 일어나 산책을 하거나 심호흡을 해보시라고요. 그렇게 잠시라도 눈을 돌려 눈앞의 현실이 아닌 세상을 보시라고요. 세상은 우리가 생각하는 것보다 넓고 아름답습니다. 때때로 일상으로 인해 바래 잘 보이지 않게 돼도 멈춰 서서 보면 믿을 수 없이 찬란한 순간이 있다는 걸 아셨으면 좋겠습니다.

팔자 좋은 작가가 오토바이로 알프스를 넘는 글을 쓰며 이런 말을 하면 설득력이 없다고요? 아니요. 위의 내용은 암과 투병하는 어머니를 간병하던 시절, 저녁을 먹기 위해 성내천을 걸어가다 멈춰 서서 황혼을 바라보고 느낀 경험담입니다. 사랑하는 사람이 죽어가는 걸 보면서 아무것도 할 수 없는 순간에도 황혼은 아름답더군요. 그게 위로가 되는 동시에 슬펐습니다. 그리고 같은 종류의 슬픔을 알프스에서도 느꼈습니다. 그런 순간들은 눈을 돌릴 여유만 있다면 때때로 찾아옵니다. 현실이 팍팍해 어디도 갈 수 없다

고요? 지구는 매일 태양을 공전하며, 자전하죠. 그뿐 아니라 태양
계는 우리 은하를 공전합니다. 하지만 같은 자리에서 도는 건 아
닙니다. 우리 은하 역시 우주의 중심에서 빠르게 멀어지고 있는
중이죠. 그러니까 우리가 올라타고 있는 지구는 거대한 나선을 그
리면서 믿을 수 없는 속도로 회전하는 동시에 복잡한 포물선을 그
리며 우주의 중심에서 멀어지는 여행을 하고 있습니다. 그러니 우
리는 실은 어디에도 머물고 있지 못한 겁니다. 그러니 다들 부디
즐거운 여행되시길 바랍니다.

2023년 가을,
임성순

집으로 돌아가는 가장 먼 길

초판 1쇄 인쇄 2023년 12월 19일
초판 1쇄 발행 2023년 12월 29일

지은이 임성순
펴낸이 임태순

펴낸곳 도서출판 행북
출판등록 2018년 5월 17일 제2018-000087호
주소 경기 고양시 일산서구 탄현로 136
전자우편 hang-book@naver.com
블로그 blog.naver.com/hang-book
전화 031-979-2826 **팩스** 0303-3442-2826
ISBN 979-11-980587-8-2 03810

값 19,800원